I0816372

NADA NUNCA TERMINA, PERO HAY QUE DECIR

ADIÓS

ALBERTO VILLARREAL

NADA NUNCA TERMINA, PERO HAY QUE DECIR ADIÓS

Planeta

Ilustraciones de interiores: Melisa Muñiz
Diseño de interiores: Melisa Muñiz
Diseño e ilustración de portada: Planeta Arte & Diseño/Estudio Land
Fotografía del autor: Propiedad de Editorial Planeta

Bajo el sello editorial PLANETA M.R.
Avenida Presidente Masarik núm. 111,
Piso 2, Polanco V Sección, Miguel Hidalgo
C.P. 11560, Ciudad de México
www.planetadelibros.com.mx

Primera edición en formato epub: septiembre de 2024
ISBN: 978-607-39-1903-6

Primera edición impresa en México: septiembre de 2024
Segunda reimpresión en México: febrero de 2025
ISBN: 978-607-39-1700-1

Impreso en los talleres Impresora Tauro, S.A. de C.V.
Av. Año de Juárez 343, Colonia Granjas San Antonio, Iztapalapa
C.P. 09070, Ciudad de México.
Impreso y hecho en México – *Printed and made in Mexico*

Para todos los que piensan en el amor
y piensan
y piensan
quizá para no sentir

Bebiendo mi sangre me curé la sed.

De Alfonsina Storni

pido
no agua para la sed, sino la sed.

Esto es de un poema de Piedad Bonnett

¡Por qué conservo esta frase en la memoria como
si hubieran pasado tres horas y no treinta años!

Esto de Anne Carson

ÍNDICE

El consejo amoroso 14
Declarar toda la pasión 20
El tiempo es otra mentira 28
Todo lo que hacía 34
El amor existe, pero no es real 44
El enamoramiento termina y no nace el amor 50
Siempre mutilados, nunca completos 60
La carencia y el deseo 68
La disminución del amor 78
Terapia de dos 86
Lo que antes no veía 92
Ya no te amo, ya no 98
Irse con dignidad 106
El cuerpo duele 114
Los celos también son miedo 122
Entender me hace enojar 130
El reencuentro inesperado 136

Los lugares me hacen recordar	142
El amor es un poema	150
La pregunta histérica	158
La amistad y el amor	166
Recuerda, la ficción es una mentira	174
El aniversario de la muerte del amante	182
Se vuelve algo tibio	190
La pesadilla recurrente	196
Veo en ti aquello que me erotiza	204
Volver a enamorarse	210
Ha vuelto la pesadilla	218
El discurso para volver a creer	222
¿Qué es el amor? ¿Alguien lo sabe?	228

EL CONSEJO

AMOROSO

Estoy maldito: no puedo escribir desde casa, tengo que salir a buscar un rinconcito que pueda compartir con extraños. Es fácil encontrarme en algún café de Monterrey o de Ciudad de México; en un lugar cerrado y climatizado, si estoy en mi ciudad, o en un espacio al aire libre, siempre cerca de un tomacorriente, si estoy en la capital.

Cuando escribo, la mayor parte del tiempo no estoy escribiendo sino contemplando el pasar de la gente y las conversaciones ajenas en espera de una chispa que detone la inspiración que me ayude a escribir una línea o un párrafo si es que estoy de suerte. A veces sucede que alguien me reconoce y se acerca a pedirme una foto o a decirme que leyó alguno de mis libros, me comparte que también le gusta escribir y aprovecha para pedirme algún consejo para publicar sus historias. Entonces le comparto cómo logré que publicaran mi primera novela, le ofrezco alternativas y trato de animarle a que no abandone sus sueños.

No es muy difícil hablar de libros, llevo haciéndolo desde hace mucho tiempo, el problema viene cuando me piden consejos de amor. También llevo muchos años enamorado, sin embargo no podría asegurar que soy un experto en relaciones de pareja... tal vez en desamor, mi carrera como escritor lo respalda.

Una chica se sentó a mi lado, me miró una vez, dos veces, dijo que me conocía. Le sonreí para que me dijera si estudiamos juntos en la secundaria (porque siempre olvido a casi todas las personas), si me había visto en internet o leído mis libros, pero no, esa tarde no me contó, aunque deduje de dónde me conocía. «Me gusta un chico...», dijo. Abrí los ojos sorprendido a pesar de que sabía lo que vendría. Lo vivo en casi todas las ferias del libro a las que voy: necesitaba un consejo de amor. Todavía no escucho la historia, no obstante, en mi cabeza ya están pasando todas las frases que he leído, todos los regaños que he escuchado de boca de mis amigos, los cientos de soliloquios que he tenido. Todo

de lo que pueda echar mano para dar un buen consejo: «… y no sé qué hacer», continuó la chica. Y yo, que estoy dispuesto a casi todo con tal de procrastinar, le pedí que me contara su historia.

Abril está enamorada de Isaías, trabajan juntos en una empresa de bebidas, todas las noches, justo antes de acostarse, se mandan mensajes y una foto. Llevan así cuatro semanas y Abril no entiende lo que él busca de ella. «¿Por qué no le preguntas qué siente por ti?», sugerí. La mirada que me lanzó hizo que me arrepintiera al instante.

Hace tiempo dejé los juegos de seducción y me volví muy directo: si me gustas, lo sabrás, no quiero perder el tiempo ni el sueño cuestionándome lo que sientes por mí, aunque admito que ser tan directo no siempre es bueno. Cuando estaba soltero le escribí a alguien para invitarlo a cenar sin haber tenido ninguna conversación previa: nunca me respondió. Lo merezco, necesito ser directo, pero paciente. «Pensé que serías mejor dando consejos», replicó Abril. Me ofendí. Nunca quise dar consejos de amor, ¿han leído mis libros? ¿Qué les hace pensar que puedo ayudarles? No los entiendo.

Si usamos este libro para hablar de nuestras experiencias, quizá podremos descubrir algo. Solo necesitamos una o dos certezas para seguir creyendo en el amor.

DECLARAR TODA

LA PASIÓN

ROLAND
BARTHES
EL DISCURSO
AMOROSO
PAIDÓS

¿Qué debemos hacer cuando nos gusta alguien? Probablemente es la pregunta que más he escuchado, no solo en las presentaciones de libros, también en mi grupo de amigos; cada dos semanas alguien llega en busca de ayuda. ¿Qué hago? ¿Qué le digo? ¿Debería ignorarlo? ¿Debería decirle que me gusta? No podemos permitirnos el bloqueo expresivo, debemos decir te amo, te quiero, me gustas, me atraes. En *El discurso amoroso*, Roland Barthes dice que el enamorado no se pregunta si debe declarar su amor sino en qué medida debe ocultar la intensidad de su pasión. Es decir: te mostraré que me gustas aunque no sé cuánto te dejaré ver. Esto nos sigue dejando dos caminos principales: 1) Te mostraré todo el amor

Durante mucho tiempo me pareció que afirmar que los libros o la literatura tenían el poder de salvarnos era una exageración. No una mentira, pero sí un enaltecer, un dramatizar. Soy lo contrario a un exagerado, soy un apaciguador en todo menos en el amor. Hay personas que creen que sigo sintiendo algo por el primer hombre del que me enamoré, esto dejó de ser cierto hace muchísimos años, pero mi capacidad de enaltecer el dolor romántico me sobrepasa. El Discurso Amoroso de Barthes, puedo decirlo sin exagerar, me salvó.

que te tengo y quizá tu narcisismo apruebe esa declaración de pasión. 2) No te declaro toda la pasión porque podría asfixiarte, contengo mis pasiones para no abrumarte. Tomo en cuenta tus deseos, aun cuando no tengo claro cuáles son. Avanzo lentamente.

Para mí, la respuesta a la pregunta «¿Debería decirle que me gusta?» siempre es sí. Tenemos muchas maneras para decirle a alguien que nos atrae. Podemos verbalizarlo directamente, o iniciar y mantener conversaciones diarias, ser más discretos y echar mano de las redes sociales, etcétera. Es difícil elegir entre dos caminos, yo he caminado ambos y me han funcionado. He tenido la relación que inicia casi al instante, la de los *te amo* apresurados y la de vivir juntos a las dos semanas de conocernos. La relación que inició mostrando toda la pasión ha sido mi relación más larga. También he tenido otras, las que empiezan lento, las que se guardan el *te amo* un poco más de tiempo para no asustar, las que se llevan metiendo un poco más la cabeza y controlando lo que quiere el corazón.

Me considero una persona camaleónica en mis relaciones, mis grupos de amigos son variados y diferentes entre sí, sé adaptarme y pasarla bien con todos, no tengo un tipo de persona. Tal vez por eso no me aburren ni me frustran las relaciones que avanzan lento, pero tampoco me espantan ni me asfixian las declaraciones de pasión.

Una vez alguien me hizo una canción reuniendo algunos poemas de uno de mis libros; la recibí cuando aterricé en Monterrey después de un viaje con mis amigos. Al escucharla me emocioné tanto que fui pasando los audífonos para que todos registraran aquella muestra de pasión. No les quité los ojos de encima, las personas que yo reconocía como amorosos se veían flechados, como si aquel gesto fuera también una caricia hacia ellos. El resto del grupo, los que se empalagan fácil, me miraban como asustados, abrumados, veían ese regalo como una muestra de intensidad. Los entiendo porque esa canción llegó después de la segunda cita. Entonces, ¿qué hacer cuando nos gusta alguien? Siempre hay que decirlo y mostrarlo. ¿Con cuánta intensidad? Tendremos que ver a qué grupo pertenece el otro, ¿al de los amorosos o los que se empalagan? A mí me funcionan los dos, sin embargo debo confesar que esta frase de Oscar Wilde resuena mucho conmigo: «Alguien se ha matado por amor por ti. Me gustaría haber tenido alguna vez una

Leí El retrato de Dorian Gray porque alguien me dijo que el protagonista se parece un poco a mí. No estoy de acuerdo, quizá solo en el sentir de la frase que comparto y en las tendencias homosexuales.

experiencia semejante. Me habría hecho enamorarme del amor para el resto de mi vida». ¿Serán mis rasgos narcisistas? ¿Será porqué soy leo? ¿O es que todos queremos que nos amen?

¡Hola, Alberto!

No te escribí antes porque no sabía si te interesaría o si leerías este correo, pero creo que vale la pena intentarlo. Nos conocimos hace dos meses en un café cerca del obispado. Te conté sobre el chavo que me gusta y me animaste a que le confesara mis sentimientos. Tardé unos días y al final no pude seguir con la incertidumbre, necesitaba saber qué sentía por mí así qué se lo pregunté directamente. Me dijo que pensaba en mí todo el tiempo aunque moría de miedo y no se atrevía a dar el primer paso. Ahora somos novios. Creo que al final de cuentas no eres tan malo dando consejos de amor. Gracias por escucharme. Sé que te gustan las bodas así que desde ya estás invitado a la nuestra.

Con cariño,

Abril

EL TIEMPO

ES OTRA MENTIRA

Algo empieza y algo termina, el mundo nunca antes había estado en tal armonía. Me alegra saber que mi consejo amoroso sirvió de algo, pero sería más feliz si mi propia relación no hubiera terminado. Me dejaron. Me pidieron un tiempo y después me dejaron. Tengo veintiocho años y nunca nadie me había terminado antes. Mis amigos me dicen que puedo mentir, decirles a las personas que fui yo quien decidió acabar con el noviazgo, rescatar algo de dignidad. A mí me parece más digno no mentir. Mi psicoanalista dice que yo —que mi inconsciente— también quería terminar, a pesar de que no sabía cómo irme, así que dejé que me dejaran. En algo tiene razón, nunca sé irme de donde creo que aún hay algo de amor, de donde hay algo que puede salvarse. Entonces es probable que sí, que yo quisiera salir de esa relación; nos queríamos, no obstante, algo no funcionaba.

Se necesita un poco de paciencia para que pueda germinar el amor. Esto es algo que sabía, pero que olvidé en el camino. Crecí y empecé a sentir que no podía perder el tiempo. El desarrollo de mis primeras relaciones fue lento si lo comparo con la última: conversaciones durante algunas semanas, la primera cita que define si hay algo de futuro y tres meses para conocernos antes de formalizar el noviazgo. Salir tres meses con alguien para decidir si los dos queríamos una relación me parecía una buena regla hasta que llegó mi último novio. Tuvimos un par de conversaciones, una cita en una pizzería de Ciudad de México que siempre me ha parecido horrible, a pesar de que ese día todo me supo delicioso, en especial el vino que me ayudaba a ser menos tímido. Luego una mudanza a medias y viajes con dos maletas, cada quince días, de Monterrey a Ciudad de México y viceversa.

¿Hay que tomar las cosas con calma o ceder ante los impulsos? Mi experiencia me dice que avanzar lento en la relación puede funcionar cuando no tienes completa claridad sobre lo que quieres o sientes: «Me gusta, pero vive muy lejos»; «Es muy lindo conmigo, pero no me gusta su grupo de amigos»; «No me atrae físicamente, pero

es la persona más divertida con la que he

estado». El tiempo ayuda para que las dudas se disipen: «Me gusta, no importa que tenga que conducir una hora para verlo. Es muy lindo conmigo y sus amigos no están tan mal, ya los conocí mejor». Si no hay dudas, ¿para qué esperar? Existe la posibilidad de que tengas miedo. La persona que conoces desde hace dos semanas podría no ser su versión real, tal vez a los cuatro meses descubras que odia a los perros y eso es algo que no puedes soportar. Yo tengo un problema: siempre creo que puedo leer a las personas. Mi intuición tiene el ego inflado, así que el miedo de descubrir que la persona que conocí la primera semana no es la misma después de unos meses es un miedo que no tengo. Y si mi intuición me falla, siempre es más fuerte el poder de mi mente. Ya lo decía Sylvia Plath: *"I think I made you up inside my mind"*.

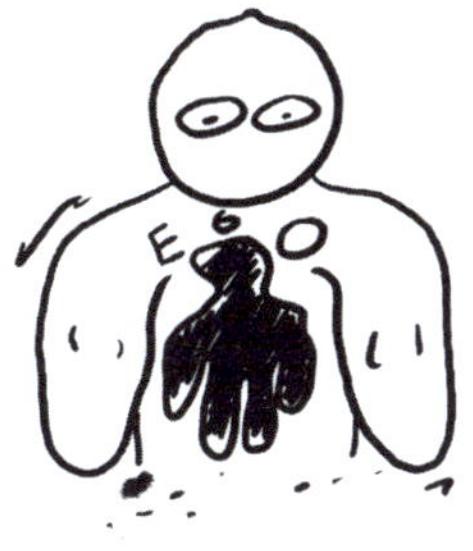

Hablé de las idealizaciones del amor con una de mis amigas y ella me dijo: *"I think I made you up inside my mind"*. Después de eso tuve que buscar la poesía de Sylvia Plath. A veces me sorprende lo poco que necesitan darme para que lea un libro completo.

No puedo atentar contra tu perfección porque yo mismo te he creado.

TODO

LO QUE HACÍA

DIARIO DE DUELO ROLAND BARTHES
CRISTINA PERI ROSSI / Poesía completa
¡Oh! Dejad que la palabra rompa el vaso
Vaso Roto
EL DISCURSO
ROLAND BARTHES
GLORIA FUERTES LO QUE PASA ES QUE TE QUIERO
Sylvia Plath
Dime mi nombre
Navona

> Haciéndome con los productos más razonables
> para evitar, a toda costa, las sospechas
> que despiertan mis manos, mis pies, mi cabeza
> acribillados de espinas, y la enorme herida
> de mi costado flagelado
> por la que se desparrama la sangre
>
> Sylvia Plath

Despierto con frío. Mañanas como estas son escasas y valiosas en mi ciudad. Me imagino tirado en el piso de mi departamento, abrigado, tomando café y escuchando los vinilos que compré hace algunos años y que solo escuché una vez de principio a fin. Esos discos ya no están conmigo, los deje en un departamento al que jamás volveré. Guardo en mi mochila una novela y un poemario, una libreta delgada y un par de plumas. Normalmente usaría el coche para llegar al café que está a un kilómetro, distancia que en Ciudad de México podría caminar sin problema, aunque en Monterrey suelo evitarlo por el calor que hace. Hoy sí camino al café porque el clima es agradable y porque tengo el corazón roto, lo que significa que necesito más tiempo para escuchar canciones tristes. Regodearme en mi tristeza es mi medicina.

En el camino veo a un señor vendiendo cigarros y le compro un par, a pesar de que rara vez fumo. Me gustaría saber qué piensa la gente de mí cuando me ven caminando por las calles. ¿Sabrán lo que siento, lo que pienso? Lo siento tan fuerte que no hay forma de que no lo sientan también. Finalmente llego al café y pido el *flat white* de siempre y también una galleta, que casi nunca pido. Le agradezco al barista mirándolo a los ojos, sin embargo no me mira, está muy pendiente de las monedas y los billetes y me dan ganas de llorar; siento que no debí caminar al café ni comprar cigarros ni comer una galleta. Debí, en cambio, hacer todo lo que hacía, quizá de esa manera nadie se percate de que hay algo raro en mí, una nube que sale de mi cuerpo y me rodea y alcanza a los que están cerca. Pero hago todo diferente porque ya nada puede ser igual. Tengo la sensación de que todo el mundo puede ver en mí la desolación, la confusión, la tristeza.

He logrado escribir poco para este libro y ya me asaltan las dudas. Siempre he sido exhibicionista, disfruto de mostrarme humano pues, quizá, es la única manera en la que podemos lograr una conexión auténtica con los otros. A pesar de eso, confieso que tengo miedo: esto es un ensayo literario, lo más lejano a la ficción que he escrito, aunque es cierto que para mí todo es una ficción.

No siento ninguna vergüenza por anotar este tipo de cosas, y ello se debe al lapso que media entre el momento en que

> se escriben, cuando soy la única que las ve, y el momento en que la gente las leerá, y que, me da la impresión, no llegará jamás. Hasta entonces, puedo tener un accidente, morir, puede estallar una guerra o una revolución (Annie Ernaux, 2019).

Nunca he sentido vergüenza al escribir novela, poesía o cuento, y esto no se debe al tiempo que me separa desde este momento en el que escribo hasta ese en el que me lees, como le pasa a Annie Ernaux. Tal vez ocurre porque siempre entrego mis manuscritos al límite de tiempo, espero el último día y pido un par de semanas más solo para asegurarme de que el texto está terminado o por lo menos que estoy listo para soltarlo.

Confesar mis dudas sobre este ensayo es parte de ese exhibicionismo emocional. Para mí, el amor y la escritura han estado ligados desde el primer momento, desde el primer amor. Cuando tenía dieciocho años conocí lo que era tener el corazón roto y así fue como nació la primera novela que escribí y publiqué. Este ensayo no nace de una desilusión amorosa pues la idea y algunas de estas páginas estaban escritas previo a mi última ruptura. Este libro nace por Abril, la chica que me en-

La primera vez que supe de Annie Ernaux fue porque una amiga asistió a una de sus firmas de libro en Madrid. Un par de meses después ganó el Nobel de Literatura. En ese momento sus textos eran difíciles de conseguir en México, pero sabía que Planeta tenía los derechos de cuatro de sus libros, solo tuve que esperar unos días para tener esos cuatro ejemplares. Tenía que elegir por cuál empezar, frente a mí se encontraban: La vergüenza, El acontecimiento, Pura pasión y El lugar. Empecé, es obvio cuando me conoces, con Pura pasión. Saber que una mujer tan inteligente perdía la cabeza por un hombre me salvó de mi propia percepción. Todos somos un poco de lo mismo.

contré en el café, por todas las personas que me escriben en redes sociales y por las que me encuentro en las ferias del libro, todas ellas con muchas dudas sobre el amor. Lo escribo porque entre más investigo sobre el amor, más difícil es para mí sostenerlo todo. Aun así quiero explorar, conocer y tratar de entender.

Mircea Cărtărescu es quizá el descubrimiento que más me ha sorprendido. Leí siete de sus libros en un solo año y todavía no me siento seguro al pronunciar su nombre. No he sentido que su literatura me haya salvado, pero sí me ha acompañado, quizá termina siendo lo mismo. Un escritor que habla de Bucarest en todos sus libros así como yo intento hablar de Monterrey. Dos personas para las que la geografía es quizá igual de importante que la literatura.

Hace poco más de un año me encontré con los libros de Mircea Cărtărescu. Entró en mi radar porque ganó el Premio FIL de Literatura en Lenguas Romances 2022 y algunos conocidos, esos que ya leyeron al escritor noruego o austriaco o turco que ganará el Premio Nobel de Literatura cuando nadie más en el país lo ha leído, me recomendaron su obra. En *Solenoide*, una de sus novelas, el protagonista, que también es escritor, comparte el por qué escribe: «La escribo no para leerla yo, su único lector, en algún momento, junto a la estufa, tampoco para pasar unas horas olvidado de mí mismo, sino para leerla al mismo tiempo que la escribo y para intentar comprender».

Tomo la frase y decido no dejar que los miedos me alejen de la escritura, aunque sí permito que las dudas me atraviesen porque esa es la única forma en la que, tal vez, pueda comprender algo mientras uso la tristeza como combustible. Mi terapeuta me dice que no necesito estar triste para escribir, pero estos últimos párrafos los escribo sintiéndome así, triste, y me han costado muy poco, salieron de mí con la naturalidad de algo que ya se tiene perfectamente ensayado. Hay que escribir —y leer también— para descubrir lo que no queremos que sea descubierto, para encontrar la verdad en la ficción.

Regreso a este capítulo dos meses después de escribir el párrafo anterior. No sé por qué no lo vi antes. A veces siento que el psicoanálisis no me sirve de nada. Ya no puedo contar la cantidad de veces que he estado a punto de renunciar, de ahorrarme unos cuantos pesos mexicanos que después convierto a dólares para luego transferirlos en pesos argentinos a mi psicoanalista en Buenos Aires. No obstante, hoy es un día milagroso, no solo porque ya es otoño y la luz del sol finalmente entra por mi ventana, también porque he tenido una revelación que solo es clara si miro hacia atrás.

La idea de este libro y algunas de sus páginas nacen en el verano del 2022, un poco porque recién había terminado de leer *El peligro de estar cuerda*, de Rosa Montero, un ensayo que habla sobre la creatividad, pero otro poco, y quizá más importante: no entendía mi relación amorosa. Me sentía amado y desamado, no en partes iguales, pero ambas de manera desbordante. Me sentía muy feliz y a veces triste. Sentía que el sol me bañaba, pero también que las sombras me sujetaban y me arrastraban y me decían que todo era mejor cuando nadie podía verme. Me decía que era plenamente feliz, que por primera vez y que nunca nadie y que podría ser un buen padre, pero también me decía que tal vez debía terminar con esta relación que parece tener un rumbo aparente, aunque en realidad era un espejismo. No me sorprende, un libro más escrito desde el egoísmo, del querer entender qué siento y cómo salgo de aquí.

[Sería muy triste admitir que el psicoanálisis ha hecho más por mi literatura que el amor mismo.]

Abril:

Me da mucho gusto leerte. Qué paz saber que no soy tan malo dando consejos de amor. Deseo que sean muy felices y disfruten mucho su relación. Estaré esperando esa invitación a la boda, ya sabes dónde encontrarme.

EL AMOR
EXISTE,

PERO NO ES REAL

Antes de que
existieras para mí, eras una teoría.
Ahora lo sé todo...

Tracy K. Smith
Savior Machine

La primera vez que lo vi fue hace ocho años en una entrega de premios. Para navegar por el espacio se tenía que pasar entre la gente porque el lugar estaba lleno. Él caminaba a las escaleras que dan al escenario y yo iba a la barra por un trago, así que nos topamos frente a frente. Me miró y la sonrisa que me dedicó no se desvaneció aun cuando pasó a mi lado y lo perdí de vista. Me quedé pensando en esa sonrisa el resto de la noche; removió algo en mí y me dejó con la sensación de que ese era un hombre amable.

Pasaron años y no interactuamos hasta que un día nos volvemos a encontrar, salimos a cenar pizza y beber vino hasta que nos corren del lugar pues están a punto de cerrar; las sillas están volteadas sobre las mesas y la cocina está despejada y limpia. Me acompaña al departamento que renté con mis amigos para nuestra visita a Ciudad de México. Ellos, quizá por ayudarme a ligar o por ser amables, lo invitan a nuestro plan del día siguiente. Él acepta. Lo acompaño hasta su coche porque ya es tarde y tiene que regresar a su departamento. Me besa antes de irse y en ese momento sé que algo ha iniciado entre nosotros. Será posible que el amor haya nacido después del beso si hace varios años me sonrió y pensé que era un hombre amable. Seguro esto estuvo creciendo entre nosotros durante todos esos años, estábamos destinados a estar juntos, no hay otra explicación. Este debe ser el amor de mi vida, ha sido paciente y ha esperado el momento en el que los dos estamos preparados para el otro.

Estas últimas frases no son mentira, aunque tampoco puedo decir que son verdad, creo que son una resignificación del pasado pues ya no pienso: «¡qué amable el sujeto que me sonrió!». Ahora lo creo así: «me sonrió porque siempre estuvimos enamorados».

Hay cosas que tenemos que hacer por el bien de la belleza y el romance. La vida sería más gris si no volteáramos hacia atrás de vez en cuando para darle un nuevo significado a lo que vivimos, para unir los hilos y los puntos. Tenemos que crear narrativas que sostengan todo: creer en un Dios que le dé sentido a la vida y a la muerte, crear una historia familiar que nos muestre quiénes somos y de dónde venimos. Identificar todos esos momentos en los que el amor se estaba gestando y enaltecerlos.

Soy un hombre que le huye a la mentira, soy incapaz de agregarle drama y emoción a una anécdota que no fue ni dramática ni emocionante. Solo cuando hablo de amor me permito adornar y enaltecer, es el único camino que encuentro para crear al amor. La idealización es necesaria para la construcción del enamoramiento: si no hubiera visto al hombre amable hace ocho años, si no me hubiera sonreído y si su rostro no hubiera resaltado entre ese gentío que se movía por todos lados, tal vez no me habría enamorado o tal vez esa historia de amor no estaría tan ligada al destino. Aunque también apuesto a que podríamos haber encontrado otra situación con potencial para ser romantizada, otra historia que le diera sentido a nuestra relación.

El amor es una ficción no por ser mentira, sino por ser una historia que nos contamos.

«La belleza salvará al mundo», escribe Dostoyevski. Es una hipérbole, una exageración de esas que me permito principalmente cuando hablo de amor. La belleza y el amor salvarán el mundo. Tenemos que crear historias bellas que permitan el enamoramiento y durante el enamoramiento, con sus cielos despejados, su saciedad y la sensación de que todo es posible, construir los pilares que sostengan al amor cuando el enamoramiento haya claudicado, o dejar que todo caiga, porque a veces lo bello también tiene que morir.

EL ENAMORAMIENTO TERMINA

Y
NO NACE
EL AMOR

Por fin un hogar.
aunque no tenga cubiertos
jeje
pero hay otra cosa
qué es?

no sé cómo puede tomar
en vasos de metal
yo que prefiero los tenedores de plástico

<u>No hay cubiertos</u>

Un par de tenedores
un cuchillo
no hay cucharas
se hacen cuencos
con las manos
y se bebe
hasta no hay sed

Hogar - Mty - Fundidora
Él — yo — metal

Cuando el enamoramiento se ha terminado y el amor no se pudo sostener, el amante huye y quedan muchos dolores. Uno de ellos me parece trágico y hermoso en partes iguales: la pérdida de la literatura que se crea entre dos personas.

Hay frases y musicalidad que solo se pueden crear con el amor, con la convivencia y con la vulnerabilidad. Palabras que nadie más entiende o no se dicen en voz alta por temor al ridículo. Admirar a dos personas enamoradas a través del tiempo es asistir a la creación de un lenguaje. Es como ver a dos niños pequeños que aún no saben construir oraciones, que colocan las palabras en los sitios equivocados y, a pesar de ello, se dan a entender endulzando y refrescando el oído de quienes los escuchan.

Perder las palabras, las entonaciones, las frases, los sonidos, perder la literatura es lo más triste que me ha pasado. Todavía me descubro de vez en cuando repitiendo frases para mí sin pensarlo, me salen naturalmente, empujadas por mi memoria muscular. Mis cuerdas vocales saben cómo deben reaccionar, nadie les ha dicho que, incluso si alguien las escucha, no entenderán el idioma con el que hablan. Si este discurso tuviera que ser un objeto, definitivamente sería oro desgastado que sigue siendo bello, aunque no resplandezca en la repisa del museo: las palabras brillaban porque él las escuchaba y las entendía.

Jaime Sabines decía que las mejores palabras de amor están entre dos gentes que no se dicen nada, esos gestos que también son parte del lenguaje. También escribe: «Tú sabes cómo te digo que te quiero cuando digo: "qué calor hace", "dame agua", "¿sabes manejar?", "se hizo de noche"». Yo no sé si ella se sentía querida al escuchar esas frases, pero por lo menos ahí tenían su literatura.

No puedo evitar imaginar la Biblioteca de Alejandría en llamas, esa imagen también me parece trágica y hermosa.

Anoche quemé las cotizaciones de los departamentos que fuimos a ver hace unos meses. La pérdida también puede ser bella.

El amor, en el mejor de los casos, te acerca a la perfección. El enamorado quiere consentir, cuidar, alimentar, entretener. Desea agradar a la persona de la cual está enamorado y esto, de alguna manera, lo vuelve su mejor versión.

Ese dolor viene cuando el otro te deja de amar, o, peor, nunca llega a amar esa versión tuya que es casi perfecta.

¿Por qué no me amas si lo di todo por ti? La respuesta, si el otro es dulce y cuidadoso, será una maraña de frases dichas otras veces que no entenderás, pero que podrás abrazar para tener un cierre. La respuesta más directa y, creo, la mejor sería algo como «Pues no te amo y ya». Porque en ocasiones simplemente dos personas no encajan y tratar de entender por qué sería absurdo, complicado y, sobre todo, doloroso. Hay verdades que es mejor no conocer.

Alguien no ama tu versión más perfecta. Qué difícil no tomarlo personal, dar todo de ti y aun así no ser merecedor del amor del otro. Entonces surgen las preguntas: ¿qué hice mal? ¿Soy el problema? ¿Por qué nadie me quiere? ¿No soy merecedor de amor? No es que no baste (sea suficiente), es que no se necesita. Para que el amor aparezca es necesario que se presenten variables que muchas veces no dependen del enamorado.

Pienso en los meses pasados. Todas las semanas leía alguna noticia relacionada a una «inminente recesión económica» y los expertos daban recomendaciones para prepararse, sugiriendo en qué sí gastar y en qué otras cosas no. No les hice caso y en esos meses invertí más dinero en libros que en años pasados. Afortunadamente, la recesión no llegó y las noticias ahora son alentadoras.

Aunque todos los elementos para la tormenta perfecta estaban dispuestos, esta no sucedió. ¿Qué fue lo que pasó? No lo sé, no soy economista. A veces puedes darlo todo —¿qué es darlo todo?— en el ámbito amoroso y a pesar de ello no enamorar al otro. Puedes entregarle a la otra persona todo lo que crees que necesita y ganar su cariño, pero no su amor. ¿Por qué? No sé, nadie sabe nunca nada del amor. Uno se enamora de quien se enamora, ¿qué se le puede hacer? Si me pidieran hacer una lista con las cualidades que me llevaron a amarlo, sin duda podría hacerlo, pero quizá esas mismas cualidades las tiene otro del que no me enamoré. Quizá todo se reduzca a que no vi sus ojos hace ocho años en una entrega de premios, en un recinto abarrotado de gente borracha, no tuvimos ocho años para que el enamoramiento germinara. Y quizá si nos hubiéramos ido del restaurante antes de que cerrara, si no tuviera que aferrarme a la idea de que la pizzería cerró y éramos los últimos ahí porque no queríamos dejar de estar con el otro, y si él no hubiera subido al departamento y mis amigos no lo hubieran invitado al karaoke… ¿Y si ese amor, que ya no es enamoramiento y tampoco es amor por que no se sostuvo por sí solo, era tan frágil que al inicio de esos encuentros solo bastaba con arrebatarle uno de esos destellos para no prolongarse por un año y medio?

¿Qué pasa si el ensayo se convierte en un diario, en un poema?

J me preguntó si escribiría sobre él en caso de que termináramos. Es la primera vez en la historia de nuestra relación que menciona, aunque de manera hipotética, el fin del noviazgo. Le aseguré que así sería, a pesar de que no tiene de que preocuparse pues jamás escribiría algo malo sobre él. Si el amor termina, lo menos que puede hacer por los sobrevivientes es convertirse en literatura.

Antes de acudir a este diario le escribí un poema que bauticé como Aquí no hay sed.

del 2022

Le he llamado a mi amigo para decirle que no sé qué hacer. Soy más feliz que miserable, aun así, hay ocasiones en las que creo que necesito irme. Si pudiera tener un deseo pediría el don y la elegancia de partir cuando todo está por terminar.

Le he dicho a J que algún día me iré. Ahora mismo no podría, lo amo tanto y aún creo que la vida es mejor con él. No hay algo podrido en la relación, sin embargo, estamos buscando cosas diferentes y no parecemos encontrar la armonía que necesitamos. Por eso le digo que algún día me iré, aunque ahora mismo no pueda. Lo digo porque lo creo y porque estoy frustrado, no obstante, me odio al pronunciar esa frase que no tiene ni voluntad ni dignidad.

SIEMPRE
MUTILADOS,

NUNCA COMPLETOS

Pienso mucho en las amenazas románticas, en las frases como «Nadie más te va a querer —tienes que quedarte conmigo—»; «Nadie va a amarte como yo —así es que tienes que quedarte conmigo—». Hay que ser muy ególatra para creer que eres el mejor amante y hay que querer muy poco a la otra persona para pensar que nadie más podría quererla. Además, ¿para qué querrías estar con una persona que solo tú quieres? Yo prefiero estar con un ser querido y admirado por tantas personas como sea posible. Me mueve sobremanera que otras personas quieran estar contigo y tú puedas estar con ellas, pero decidas estar solo conmigo.

Jamás pediría… perdón. Creo que jamás le pediría a alguien que se quede conmigo, sin embargo, ¿decirle a J que me iré si las cosas no cambian acaso no es pedirle

Intenté leer otros libros de Barthes, pero ninguno me atrapaba, necesitaba que la pérdida me ligara a sus textos. Así fue como llegue a Diario de un duelo, en estos textos que escribió a través del tiempo, Barthes nos deja ver el dolor por la muerte de su madre. La muerte pareciéndosele tanto a la despedida, me ayudó a ver el lenguaje desde otro lugar. El que muere no escucha y el que escucha no entiende.

que se quede, que cambie algo para que me pueda quedar? Desde que inicié mi psicoanálisis busco y rebusco en el lenguaje. La búsqueda es agotadora y una vez que encuentro, las palabras parecen mentira. Lo que creo que quiero decir, lo que realmente digo, lo que el otro escucha, lo que el otro entiende. Cuando digo «algún día me iré», lo que quiero decir es no quiero irme. Y no sé lo que el otro entiende. No podría entender lo que el otro entiende aunque me lo dijera. Entonces, el amor es complicado —para mí— porque el lenguaje también lo es —para todos.

Leí *Diario de un duelo*, de Roland Barthes, en ese libro habla de una frase de Søren Kierkegaard: «En cuanto hablo, expreso lo general, y si me callo nadie puede comprenderme». Y es que si hablo digo tan poco y lo poco que digo no es lo que quiero decir, y si me callo nadie puede, por lo menos, intentar comprenderme. Todo esto es tan triste y tan abrumador que me gustaría llorar para volverlo bello.

J me ha dicho que me ama. Yo he escuchado que me ama. Siento que si de verdad me amara podría cambiar ese algo que me gustaría que cambie. Pizarnik diría que «Los otros siempre nos aceptan mutilados, jamás con la totalidad de nuestros vicios y virtudes». Yo no quiero que cambie algo de él, bueno, sí, que no deje la toalla mojada en el piso, que no muerda los cubiertos de metal, que se baje del coche cada vez que pasa por mí al aeropuerto y me reciba con un abrazo. Esas son batallas que no voy a pelear porque puedo vivir sin ello.

No quiero mutilarlo, pero hay un cambio en cómo llevamos nuestra relación que me parece necesario para que yo me quede, aun cuando el enamoramiento haya terminado. Él dice que no puede cambiarlo y yo creo que no quiere cambiarlo, porque yo haría lo que fuera por él, aunque es cierto que no me ha pedido mucho. Quizá porque entiende que no podemos cambiarnos, sin embargo, creo que es porque no me ama, porque yo lo amo y podría cambiarlo todo, a pesar de que realmente no sé si pudiera cambiarlo todo porque me ha pedido que cambie muy poco. Creo que no me ama porque yo cambiaría todo y él no puede o no quiere cambiar eso que cabe dentro del todo, y ya no sé si me ama, y si es que lo hace, viene de un lugar que no me hace feliz.

Aunque admiro a Pizarnik como poeta, encuentro más en sus diarios que en sus poemas. Alguien me dijo que quería leer poesía, pero no sabía por dónde empezar porque le aterra no entenderla, le sugerí que leyera los diarios de Alejandra Pizarnik.

¡Alberto!

Vengo buscando un consejo, espero que no me odies. Por favor, tómalo como un cumplido porque ya te veo como el padrino de mi relación.

Bueno, ayer cumplí años y tuve la primera discusión con mi novio. Me avergüenza un poco decir que me enojé porque no me dio un regalo. Nada, ni una flor o una carta. Me llamó a la media noche para ser el primero en felicitarme... pero ¿nada? ¿ni un solo detalle? Le reclamé y creo que lo hice sentir mal pues me dijo que en su círculo familiar y de amigos no suelen darse regalos, que no está acostumbrado a eso. Me prometió que no volvería a pasar, sin embargo, lo dijo con una voz que nunca antes le había escuchado. Me sentí horrible. Por favor, dime que tuve razón al molestarme para poder dormir tranquila esta noche, ayer la pasé muy mal.

LA CARENCIA

Y EL DESEO

Amar es querer que el otro también te ame, pero ¿de qué manera? No nos basta el amor, buscamos que se nos entregue en la forma que deseamos y ese deseo viene de una carencia: no podemos desear lo que ya tenemos. Que alguien se enamore de nosotros no es algo que suceda todos los días y es menos probable que nos amen como nosotros queremos ser amados. Esto nos deja dos caminos: tomar ese amor y ajustarlo a nuestros deseos —lo cual es imposible— o irnos de ahí para buscar a alguien que nos ame tal y como queremos.

Para Abril no es suficiente que su novio la llame a la medianoche para ser el primero en felicitarla por su cumpleaños, ella quiere un regalo, una carta o una flor o lo que sea que muestre un esfuerzo que a su vez evidencie su amor. El otro tiene que amarnos como nosotros queremos porque solo el sacrificio puede significar amor. Si la relación fluye sin contratiempos, si no hay esfuerzos, entonces no puede existir el amor.

Para mí es más importante la llamada a la medianoche, el saber que estuve en su mente los minutos antes de mi cumpleaños y que esperó hasta el momento justo para llamarme. No me importa, nunca me han importado los regalos, sin embargo, no puedo pedirle a Abril que piense y sienta como yo, que ame como yo, que muestre el amor como yo. ¿Qué tan importante es para ella? Lo suficiente para lograr que se molestara, y no tanto como para no sentirse apenada por hacer el reclamo y recibir a cambio una reacción de su novio. Entonces, ¿es útil pedir algo con nuestro lenguaje roto? ¿podemos dejar de querer lo que queremos con tal de estar con el otro?

Amar es querer que el otro también nos ame y con esto, de algún modo, perdemos nuestra libertad. Podemos permitir que nos mutilen, aunque también que planten semillas en nosotros que después nos den una nueva extremidad, una nueva herramienta amorosa.

Isaías, el novio de Abril, no suele dar regalos, no obstante, ahora que ella se lo ha pedido con su lenguaje roto —¿está roto porque lo ha lastimado?—, él tiene la libertad de elegir entre cambiar o no darle a Abril lo que dice necesitar. ¿Eres libre cuando puedes elegir entre un número reducido de caminos? Cambiar es mutilar esa parte de él que no da regalos y, en cambio, sembrar ese brazo que los entregará. Quizá ese cambio es a su vez el regalo que Abril le hace y que los amigos y familia de Isaías también agradecerán ahora que han encontrado una nueva forma de sentirse amados por él. Pero si él no quiere, ¿por qué habría de aceptar las mutilaciones y las semillas?

Es nuestra primera cita. Estamos sentados en la barra del segundo piso de la pizzería, desde arriba podemos ver a las personas que comen en el patio. Hay reglas sobre los temas que se pueden tocar en las primeras citas y nosotros las ignoramos todas. Hablamos de nuestras relaciones pasadas, citamos los nombres de hombres y mujeres, las razones por las que terminaron esos amoríos y la forma en la que queremos llevar nuestros futuros noviazgos. Él menciona, o yo, no lo recuerdo, pero alguien dice y el otro coincide en que lo mejor siempre es mantener la relación alejada de las redes sociales. Cuando se vive una relación pública es inevitable que las opiniones de los demás se cuelen en la pareja: las manos y las miradas de los otros pueden desgastar la relación.

Pasan las semanas y cambio de opinión; no estamos ocultando nuestro noviazgo, sin embargo, no me parece suficiente y quiero decirle a todos que soy su novio. No busco exhibir nuestra relación con fotos diarias, con videos en las redes cada semana, pero no quiero que nadie se pregunte qué pasa entre nosotros, quiero que sepan que somos novios.

Le hago saber que me gustaría que le dijéramos al resto de las personas lo que tenemos y él responde que ya lo saben nuestras familias, nuestros amigos, las personas que están al pendiente de nosotros. Para mí no es suficiente. Entonces baja la mirada y parece analizar la situación, me dice que esperemos seis meses a que termine el último proyecto en el que está trabajando. Seis meses me parece mucho tiempo, aunque pienso que pasaré toda la vida con él y en perspectiva, ese tiempo no es nada.

Aguanto el paso del tiempo como puedo, navegando la relación de una manera que no me hace sentir cómodo. Tener una fecha fija en el calendario y saber que ese día las cosas cambiaran me ayuda a soportarlo. Entonces pasan los seis meses y cambia de opinión, me dice que no puede. Yo debería de entenderlo y quizá irme de ahí, no obstante, le digo que me parece cobarde. Muy cobarde. «No hay nada más desgarrador que una voz amada y fatigada», dice Barthes. Veo a través de sus ojos el desgarramiento de su corazón y mi voz fatigada quizá debería pedirle perdón, aunque no puedo: para amar hay que ser valiente. Entonces respondo que lo amo demasiado, pero que un día me iré. Ahora mismo no puedo, algún día me iré.

Mi terapeuta dice que yo me fui primero: «Empezaste a demandar lo que necesitabas, tomaste un papel activo en la relación y él no pudo con la demanda». Yo, otra vez, como en un bucle, con mi idea falsa de que el amor lo puede todo.

Creo que nunca me amo. El que ama tiene que ser —es mentira— un superhombre que todo lo puede, que es valiente, que te puede tomar de la mano frente a los otros, que puede movernos bajo el sol para mostrarles a los demás cómo se ve el amor. El que ama no puede tener miedo o dudas, el que ama no se puede ir.

NO DIRÉ QUIÉN ES

L, mi terapeuta, también dice: «Parece que el escritor se tiene que mostrar. Tiene que ver al amor, vivir el amor, como un poeta lo haría». Me río porque me identifico. Mi literatura termina asfixiando el concepto siempre cambiante del amor romántico. Soy atravesado todo el tiempo por lo que creo que el amor debe ser y por lo que el amor termina siendo. El debate entre lo público y privado es nuestro único problema y sobre esto va creciendo algo que se tambalea. A veces eso es lo único que se necesita para que todo se caiga, una columna resquebrajada, un suelo pantanoso. El último regalo que J me hizo fue el anonimato, ese que me permite ensayar sobre el amor en este libro y al mismo tiempo cuidar de él.

Para mí, el fin de la relación inicia con la imposibilidad de mostrarla. Para J inicia con la palabra «cobarde» que sale de mi voz amada y desgastada. Me pregunto si esa misma voz es la que escuchó Isaías con los reclamos de Abril, si él no podrá sacar de su mente ese momento y si acaso será este también el inicio del fin para ellos. ¿Qué le puedo decir a Abril? Yo que no pude salvar mi relación, no debería intervenir en la de ellos.

Mutilar: quitarle su miedo.

→ ¿Por qué quieres ocultar nuestra relación si es que me amas?

Mutilar: vivir el amor ocultando la relación.

→ ¿Por qué quieres exhibir nuestro noviazgo? ¿No es suficiente el amor que te tengo?

Mutilar: exigir ofrendas.

→ ¿Por qué no celebras mi cumpleaños con regalos? ¿Acaso no me amas?

Mutilar: no recibir lo que quieres de la persona que amas.

→ ¿Por qué necesitas regalos? ¿Mi amor no basta?

Aceptarnos sin mutilaciones parece imposible, tenemos que cortar, mover, colocar, podar, demandar. Hay que pedir que se cambie algo porque me hace sentir inseguro, porque me molesta, porque eso hacen los demás por la persona que aman. Todo esto puede verse como algo negativo, sin embargo, no creo que lo sea. Me parece que uno tiene que comunicar lo que quiere y lo que no, y dejar que el otro tome sus propias decisiones.

Para Kierkegaard, el amor preferencial, aquel que está dirigido a una persona en específico, es un amor egoísta ya que este sentimiento se trata más sobre nosotros que sobre el otro. Se trata de cómo nos hace sentir, no de la persona *per se*. Entonces, es normal que nuestro egoísmo —no puede ser de otra forma— quiera que el otro cambie siempre y cuando el cambio nos traiga satisfacción y permanezca esa versión que nos parezca cómoda. Queremos moldear al amante a nuestra conveniencia.

LA DISMINUCIÓN

DEL AMOR

Para Abril, no dar regalos quizá está ligado a la falta de amor: si me amas, deberías darme regalos, sobre todo en mi cumpleaños. El amor tiende a ser recíproco, yo te amo y tú me amas. Creamos reglas y rituales que establecen lo que el otro tiene que hacer para mostrarnos ese amor. El no dar regalos puede percibirse como una disminución de ese amor y esto, a su vez, como una disminución de nosotros mismos. Si el amor que ahora me das es menos debe ser porque yo también lo soy. Estamos tan ligados al amante que nuestro propio valor fluctúa por la *cantidad* de amor que sentimos estar recibiendo.

¿Qué pasa cuando no hablamos del amante sino de los padres? Si el hijo no es tratado con amor quizá crezca con dudas y culpa. Quizá tratará de ganar el cariño siendo el alumno ideal, el hijo bien portado, el mejor en los deportes. El niño no culpará a sus padres por la falta de amor, es más probable que se pregunte: ¿qué hice mal para no ser merecedor de su amor? No queremos enfrentarnos a la realidad de que quizá la culpa es de los padres, porque si ellos son los responsables, entonces nosotros no podemos hacer nada para que nos amen.

En el amor no podemos hacer otra cosa que no sea suponer. Abril se molesta por la falta de regalos, y no por la falta de regalos en sí sino por la disminución del amor: ayer me dijiste te amo, hoy no me has traído regalos, mañana quizá me abandones.

Hay muchos conceptos que podemos entender en la teoría, y no poner en práctica. Estamos cegados por el enamoramiento. Sabemos que todos amamos diferente y aun así las otras formas en las que el amor se manifiesta nos pueden parecer extrañas, amenazantes, frías, alejadas del amor. En la fórmula para calcular la disminución del amor no solo entran en juego nuestras ideas preconcebidas: los regalos, las llamadas, el deseo, el tiempo de calidad, las palabras. Con el tiempo también observamos y aprendemos cómo el otro demuestra amor y lo mantenemos bajo vigilancia. El enamorado tiende a ver con lupa todo lo que el otro hace. Cada vez que cumplimos meses me envía flores, ¿qué pasa si un mes no llegan? Sentimos una disminución del amor inclusive si antes quizá las flores no te interesaban. ¿Qué pasa si todas las noches te llama antes de dormir y un día no lo hace? Nos preguntamos qué fue lo que pasó aunque, quizá, antes te dormías sin despedirte. Es agotador tratar de medir el amor para identificar la amenaza de que ese amor empiece a menguar, sin embargo, el enamorado siempre tiene miedo de perder lo que ha encontrado y esto lo mantiene alerta a las señales que muestren una disminución del amor.

Por suerte, el enamoramiento termina y uno deja de buscar las señales. No sé si todos puedan identificar el momento en que dejaron de estar enamorados y pasaron a elegir a la otra persona para vivir en amor. No se deja de estar enamorado de un día a otro, lo que ocurre es que tu cerebro va regulando las sustancias que te hacen sentir así, es una curva que inicia su lento descenso hasta el equilibro. El enamorado es un histérico, y el que ama ha recuperado la compostura.

Después de cumplir un año con J, las cosas que antes pasaban desapercibidas o incluso parecían encantadoras, me empezaron a molestar. Volver a ver con claridad es un regalo que viene después de estar enamorado; una bendición y una desgracia al mismo tiempo. Es aquí cuando el amor se vuelve una elección.

Cada vez que abría los ojos ante algo que me era invisible en el pasado, lo colocaba en una balanza mental. Agregaba una o dos cosas cada semana, a pesar de que eran tan ligeras, nunca pesaron más que el amor que sentía por él. Me sentía aliviado de saber que ya no estaba enamorado y querer quedarme a su lado. ¿Qué es más valioso? ¿Que te elijan a conciencia una vez que tu cerebro vuelve a la normalidad o que esté perdidamente enamorado, enamorada de ti? Quiero decir que la segunda opción, cuando alguien más está enamorado de mí, yo me siento como flotando. Es ir a cafés, bares, restaurantes y sentir que todos los demás se fijan en nosotros y en la electricidad que brinca entre los dos. Es sentirme deseado y, por lo tanto, ser más guapo, más inteligente, más encantador. Es, por momentos y en un mundo donde todo es incertidumbre, sentir un poco de certeza sobre el futuro. Pero ¿qué se sentirá que alguien te elija aun cuando puede irse de ahí? No lo sé, nunca he logrado que alguien se quede una vez que han dejado de estar enamorados.

A veces soy un niño pequeño que se pregunta por qué sus padres no lo han amado.

Hola, Abril:

Te escribo porque quiero que sepas que te leí, y no sé cómo responderte. Estoy empezando a escribir algo, quizá esto nos ayude, solo espero que no sea demasiado tarde. Por favor, no dejes de contarme lo que pasa en tu vida amorosa, quizá en alguna otra situación sí pueda ser de ayuda.

Abrazos fuertes.

TERAPIA

DE DOS

He ido a terapia en diferentes etapas de mi vida, nunca para atender una crisis, pero siempre porque he buscado conocerme mejor. Fantaseo con descubrir algo a mitad de sesión que me cambie la vida por completo, quizá un recuerdo que tenga bloqueado, tal vez una frase que vuelva real mi propia vida. Me parece importante crear nuestra narrativa, la historia de nuestra existencia que nos ayude a navegar el día a día. A veces, cuando despierto sin prisa, me gusta repasar en mi mente quién soy. Me asomo por entre las cortinas para ver la Sierra Madre y comprobar que he despertado en mi cama, en mi ciudad. El psicoanálisis me ayuda a verbalizar mi historia y sobre ese discurso crear la narrativa de mi vida.

Hace muchos meses, en una realidad que parece tan lejana, J sugirió que fuéramos a terapia de pareja para que nos ayudaran a encontrarnos en un terreno neutral.

Si él quería algo y yo otra cosa, ¿cómo podíamos fortalecernos para seguir juntos? Dos ideas contradictorias vinieron a mi mente: 1) Apenas llevamos unos meses juntos, una relación que necesita de acompañamiento en una fase tan temprana no pinta para ser exitosa. 2) Los dos nos elegimos, queremos estar juntos. Esto es casi como escoger el amor por encima del enamoramiento. Hemos visto una situación que nos puede traer problemas en el futuro y nos adelantamos, queremos cuidarnos y aceptamos la ayuda que nos pueden dar. Trabajar en los conflictos es mejor que cerrar los ojos o salir huyendo.

¿Para qué sirve la terapia? Para conocerse, para entender, ¿para cambiar? En algunos casos la terapia sirve para cambiar hábitos y actitudes que nos hacen daño. No sirve para cambiar lo que deseamos: deseamos lo que no tenemos. La terapia nos ayuda a identificar la carencia que nos lleva al deseo. Él desea algo y yo deseo otra cosa, nuestros deseos son excluyentes. El enamoramiento nos lleva a buscar una respuesta, una alternativa, a aguantar un poco más de lo que deberíamos.

El amor no lo puede todo, definitivamente no puede con nosotros. Todas nuestras decisiones implican una renuncia: estar contigo implica renunciar a otros encuentros amorosos o sexuales. Salir de fiesta toda la noche implica renunciar al descanso. Estudiar todo el día implica renunciar a ver a tus amigos. Hay que elegir las batallas y entender que a veces no podemos tenerlo todo.

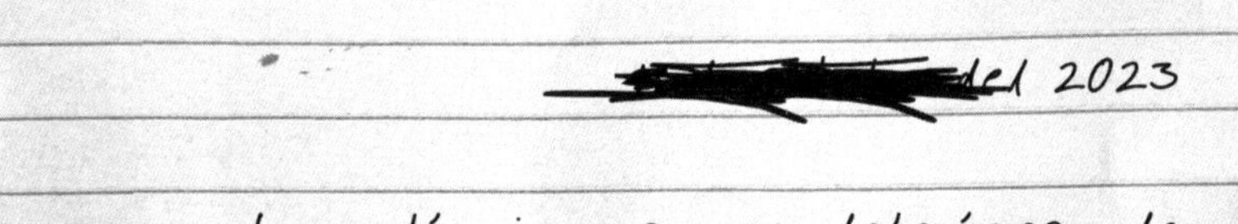

J me preguntó si creo que deberíamos de tomarnos un tiempo para pensar en nuestra relación. Le dije que yo no necesitaba tiempo para pensar en nada, que estaba seguro de lo que quería: «es tu decisión», le dije, «solo no me obligues a formar parte de ella».

J me ha pedido un tiempo.

LO QUE ANTES

NO VEÍA

Dejar de estar enamorado también es dejar la paranoia que nos lleva a buscar las señales del inminente abandono: que te pidan un tiempo es el despertar de la memoria.

J siempre me hablaba sobre la boda que tendríamos, me mostraba las playas en donde quería casarse conmigo, la comida que serviríamos, la música que pondríamos y planeó desde el primer momento la luna de miel. Unas semanas antes de que termináramos dijo que no le gustaría casarse legalmente, que prefería una fiesta pequeña con nuestros amigos más cercanos y nuestra familia.

El enamorado observa. El que ama confía en que el otro también lo elige. El abandonado ya no solo ve, también imagina.

Frente al televisor de la sala de nuestro departamento de Ciudad de México hay un sofá largo. Él siempre se sentaba del lado izquierdo y yo del lado derecho porque en ese lugar había un *chaise lounge* que me permitía estirar las piernas. Siempre me cedía el mejor lugar, el lado derecho de la cama, el lado derecho del sofá, el asiento con la mejor vista del restaurante.

Me ha pedido un tiempo, y tengo que pasar dos semanas en la Ciudad de México por trabajo, se ha ido del departamento y me ha permitido habitar ese espacio. Ahora me siento en el lado izquierdo del sofá y desde ahí puedo ver algo que no percibía desde mi lugar: la ventana de la cocina. Cada quince o veinte minutos veo aviones que aterrizan en la ciudad. Y eso, algo debe significar, *creo.*

Si el amor es una mentira que nos contamos, la historia que nos contamos al terminar también debe ser importante para sanar. No solo al amor se le tiene que inventar.

Mientras veo a uno de esos aviones aterrizar, también escucho que la puerta principal se abre con el chirrido que hace la madera hinchada por la humedad. J viene de visita pues ya no se puede quedar. En la cocina preparamos la carne que traje de Monterrey, la misma que traía cada vez que regresaba de mi ciudad. Teníamos un asador en la terraza que no usamos ni cuando mis papás norteños vinieron a visitarnos. Entonces J me habla sobre los últimos cambios que se hicieron en los planos de la nueva casa a la que nos mudaremos a finales del año. Me dice: «Quiero que me ayudes a elegir los muebles para nuestra casa». No sé por qué lo hace, quizá es la mentira que se cuenta para transitar la ruptura, aunque me parece cruel. Le respondo que debe tomar una decisión pues nadie debería necesitar tanto tiempo para saber si quiere seguir conmigo. Le pido que sea claro y justo. Él decide terminar, yo acepto que nada nunca termina.

Yo, que soy un hombre nostálgico, siempre me digo que nada nunca termina. Todo sigue en mí, incluso lo que no recuerdo. Hay un montón de cosas que he perdido al perderlo a él, y el amor no es una de ellas. No quiero ser un fantasma en su vida, sin embargo, me reconforta saber que un recuerdo mío lo seguirá acompañando. Así como ahora mismo pienso en J, él pensará en mí. Nuestra relación se transformó, quizá ya ni siquiera existe, aun así, lo que vivimos fue real y perdurará, esa no es una mentira que me tengo que contar.

YA NO TE AMO,

YA NO

Hay cosas que no pueden volver a ser. Cuando terminamos una relación dejamos algo que no podemos recuperar. Siempre que nos despedimos de alguien perdemos algo en relación al otro. Yo ya no seré el novio de J y él no podrá volver a tenerme: posesión e identidad.

Luego del fin del noviazgo viene una inmediata y desgarradora reconfiguración, un reacomodo de lo que somos. Quizá perder al otro no es tan doloroso como perdernos a nosotros mismos, esa versión que se construyó al compartir la vida con alguien más y que, ahora que esa persona no está, también debemos abandonar. No podemos ser el mismo después de la ruptura, no solo por el aprendizaje obtenido —odio verle el lado positivo a las rupturas— sino porque el otro no solo se lleva consigo todo lo que era suyo, también se lleva lo que era de los dos. Me has terminado y con eso me has quitado mi lugar. Me has vuelto vagabundo en un mundo desconocido.

Ahora que estoy soltero no puedo ser el mismo que era antes. Lo primero que tengo que hacer es un cambio de rutina, el hombre que vivía entre Monterrey y la Ciudad de México ya no puede existir, por lo menos no ahora mismo. Nuestro departamento en la Ciudad de México pasa a ser suyo y nuestro departamento en Monterrey regresa a ser solo mío.

Crecí en la casa de los abuelos, una casa a la que todavía puedo regresar y en la que ellos siguen viviendo. En la adolescencia viví en la casa de mis papás, la misma a la que voy a comer todos los miércoles. Para mí los lugares siempre han sido importantes, y aunque no me duele perder el departamento de la Ciudad de México, me destruye que, por primera vez en mi vida, ese es un hogar al que jamás podré regresar. El primer lugar que pierdo de verdad.

Debo comunicar a mi editorial que desde hoy todos los vuelos que tome saldrán de Monterrey. El cambio también debo comunicarlo a la empresa de paquetería, a la aplicación de comida y a la de transporte. No solo tengo que despedirme de ese lugar una vez, lo sigo haciendo hasta el día de hoy. El cambio de rutina no solo es doloroso, también me arroja hacia una nueva identidad.

Ahora que estoy soltero, he perdido la literatura que habíamos creado; esas frases y entonaciones que nos decíamos tienen que morir, nadie más las entiende y no podría explicarlas por temor a sonar ridículo: el amor también nos blinda contra la vergüenza a nosotros mismos. A veces me descubro hablándome como le hablaba a él, pero no hay respuesta.

Ahora que estoy soltero, sus amigos son suyos y los míos son míos. He perdido a más de una persona. Incluso mis amigos cambiaron un poco sin él; ya no hay citas dobles, ya no hay que pedir la mesa más grande.

Ahora que estoy soltero, he olvidado las rutas que me llevaban al departamento, a la casa de sus papás y las de sus amigos, a sus lugares favoritos. He perdido gran parte de la ciudad.

Ahora que estoy soltero, he perdido algunas recetas, nunca aprendí cómo cocinar ciertos alimentos: además de la literatura, he perdido la gastronomía.

¿Cómo se construye la memoria? Mis recuerdos son solo trazos que se perderían si no fuera por el otro. La memoria es colectiva, juntos nos contamos las historias, señalamos los días importantes, vamos creando un mapa que permiten que la memoria prevalezca. La memoria también es una mentira, una construcción que todos vamos moldeando a través del tiempo. Ahora que hemos terminado, también pierdo algo de la memoria, un poco de la historia de mi vida que ya no podré recordar.

He ganado muchas otras cosas, es cierto, no obstante, ganar algo no implica no haber perdido. Me cuesta admitir que extraño lo que construimos juntos y lo que rodea a J, incluso más que a él mismo. Reconocer esto es, para mí, degradar al amor. Ahora que lo escribo puedo escuchar la voz de mi psicoanalista en mi cabeza: «Parece que el peso del escritor se manifiesta en tus relaciones».

La gran tristeza al perder algo viene del conocimiento de que no volverá lo que se ha ido. Incluso si vuelve, no puede ser lo mismo porque el tiempo y el dolor nos han transformado. Nosotros no queremos encontrar algo nuevo, queremos reencontrar lo perdido. Perder al amor es casi una muerte y aunque nada nunca termina, todo siempre cambia.

IRSE

CON DIGNIDAD

Es difícil irnos con completa dignidad. Yo solo quería que él me dijera «ya no te amo». En cambio, me decía: «Siempre te voy a amar». Quería que me dijera que se iba porque estaba enamorado de alguien más, que me dejara de seguir en redes sociales, que no me permitiera volver por las cosas que guardaba en su departamento, que ya no hablara de nuestra casa porque ya no era nuestra. Dejar a alguien es volver a hacerse las preguntas del inicio del libro y de las relaciones.

¿Hasta qué punto muestro mi pasión?

Uno. Te muestro todo el amor que te tengo y quizá la despedida sea menos dolorosa. Te vas con cariño y cuidados, no terminar todo de golpe, sino con una transición lenta y amorosa. Este camino en la separación me parece el ideal, sin embargo, puede ser el más largo.

Además, destruye la idea de que el amor lo puede todo. ¿Si me amas, por qué no te quedas?

Dos. No te declaro toda la pasión porque esta podría asfixiarte. Contengo mis pasiones para no abrumarte. No digo que te amaré por siempre, que quizá en otro tiempo, que ojalá las cosas fueran diferentes, que no me quiero ir. No digo nada para aligerar el golpe sin importar que realmente crea o sienta lo que estoy diciendo en ese momento. Dejamos claro que no hay forma de salvarnos. Nos mostramos firmes en nuestra decisión. No te amaré por siempre, te amé todo el tiempo que estuvimos juntos. Este camino aunque es más frío, también me parece que permite irse conservando la dignidad. No hay espacio para más conversaciones, no te verá llorar, ni sufrir, no tendrán que volver a hablar.

Hay una tercera opción, una en la que todo explota. Para que se siga ese camino debe suceder algo que lastime al otro lo suficiente para no querer rescatar el cariño. Transformar el amor en odio me parece el camino más triste y a pesar de eso, a veces necesario.

Llevo doce años dedicándome a los libros como promotor de la lectura y escritor. Conozco el poder de las palabras. En mis relaciones siempre he pedido que sean claros y justos con sus discursos, que no me mientan por miedo ni adornen la verdad por bondad. Puedo aguantar las frases honestas siempre que vengan desde el cariño.

Esta puede ser nuestra última conversación. Él está en su lado del sofá y yo en el mío. Le digo que no puedo darle más tiempo, pero lo que quiero decir con mi lenguaje roto es que la incertidumbre no me deja dormir por las noches, que siento algo, una ausencia en la boca del estómago, que la certeza de un final podría aliviarme un poco. Sin embargo, no puedo hacer a un lado el orgullo y digo, con otras palabras, lo que en verdad quiero decir. Así como no solo me duele perderlo a él, sino todo lo que nos rodea, también siento que sufro más con este final abierto. Quiero quemar todos los puentes, que no quede la ilusión de un regreso. No se puede iniciar un duelo cuando la otra persona sigue en nuestras vidas.

Me dice que algún día haremos ese viaje que dejamos pendiente, que quizá en otro momento nos encontremos, que tiene miedo, y yo solo quiero que me diga que no me ama más. Deseo una frase que me permita la despedida con la dignidad intacta.

Entra al que era nuestro cuarto, aunque ahora es solo suyo. Guarda y empaca la ropa que usará los días que yo estaré en la ciudad. No le pregunto en dónde dormirá porque no creo poder soportar la verdad, tampoco quiero darle la oportunidad de mentirme. Sobre la mesa de noche encuentra la caja de pastillas que he estado usando por las noches. Me pregunta por ellas, le cuento que me ha costado trabajo dormir los últimos días.

En el pasado, comíamos una gomita de melatonina antes de dormir, sin embargo, las pastillas parecen resolver un problema más grave, una tristeza que él no debe estar sintiendo porque me mira con lástima. Ese es el momento en el que sé que no hay vuelta atrás, me ha mirado por primera vez como nunca antes lo había hecho. No se puede amar a alguien por quien se siente lástima. Se pierde algo de dignidad cuando se dice sin palabras: «No puedo dormir desde que me pediste un tiempo». Ya no importan los discursos amorosos porque el lenguaje está roto y ya hemos perdido la literatura. Ahora que me has dicho que no con la mirada, puedo vivir y transitar el duelo por la pérdida del amor, por la pérdida de eso en lo que el amor me convirtió. La buena noticia es que nunca nada termina, pero otras cosas nacen y nos sobreponemos.

EL CUERPO

DUELE

> ¿Por qué para hablar de una herida es necesario el rojo?
>
> CHRISTIAN PEÑA
> *Me llamo Hokusai*

El cuerpo siente y resiente la tristeza, el estrés, la pérdida del amor. Es poético y casi mágico cómo nuestro cuerpo pide ayuda cuando se siente desbordado. Ayer, uno de mis amigos me invitó a cenar a su departamento, hablamos de nuestras experiencias con la terapia, me contó que él siempre huía de los psicólogos, no le parecía necesario hasta que después de varias semanas de estrés laboral sus piernas dejaron de responderle, no podía levantarse de la cama. El diagnóstico médico fue fatiga por ansiedad. El psiquiatra le recetó unas pastillas que lo calmaban y que tomó durante todo un año. Dejó su trabajo, abandonó la gran ciudad en la que vivía y sus piernas regresaron a la normalidad; pudo volver a caminar sin problema.

Unos días después de terminar con J amanecí con marcas en la piel, ninguna era visible con ropa, las tenía en los muslos y en los hombros. Quizá mi cuerpo deseaba conservar un poco la dignidad y no mostrarse herido frente a los demás. Como si las marcas no fueran suficientes, mi ojo izquierdo se empezó a hinchar. Mi terapeuta dijo que parecía no querer ver mi realidad, como si no quisiera aceptar que me han dejado. Mi cuerpo debería ser más ingenioso pues esa obviedad del ojo que no ve me parece absurda.

Tardé un mes en sanar, y todavía conservo una cicatriz en la piel que sirve como recordatorio de que nada nunca termina. También tengo una miopía que se agrava después de diez años de mi operación láser; ya no puedo conducir por las noches sin usar lentes. Quizá nunca he querido ver nada.

De pequeño me la vivía en hospitales pues era común que, por las noches, mi cuerpo se calentara tanto que entraba en *shock* y me convulsionaba. Yo no lo recuerdo, no obstante, mis padres y mis abuelos me han contado las historias. A mi abuelo todavía se le humedecen los ojos cuando narra que una de esas noches me desvanecí en sus brazos de camino al hospital, que sintió movimientos sin control de mi cuerpo y luego un desvanecimiento que le hizo pensar que había muerto. Mi familia quedó marcada por la forma en la que mi cuerpo hablaba.

No solo se llora de tristeza, también ocurre cuando estamos estresados, enojados, frustrados o felices pues nuestro cuerpo acude al llanto para regularse. Nunca crecí con el discurso de que los hombres no lloran. La única vez que vi llorar a mi papá fue cuando murió mi abuelo, y a pesar de eso nunca sentí que llorar fuera una muestra de debilidad, todo lo contrario. Me parece que se requiere de cierta fortaleza al llorar frente a los otros; mostrarse vulnerable es de valientes. Entonces, ¿por qué me siento tan absurdo, tan carente de dignidad al llorar frente a la persona que se va? Me tiene que abrazar y consolar, seca mis lágrimas con su dedo pulgar y se lo lleva a la boca; es divertido pensar que se está nutriendo de mi tristeza. ¿Por qué él no llora? Si lo hiciera quizá me sentiría mejor. Deseo verlo llorar, que el dolor se reparta. Mi cabeza me engaña, crea teorías vacías para medir el amor y el dolor. ¿Cómo sabemos si el otro amó si no es sufriendo la despedida? ¿Y cómo sé si sufre al despedirse si no hay llanto?

Llorar no significa nada, no es un indicador real ni exacto de lo que siente el otro, así como no puede medirse el amor, tampoco puede medirse el dolor que causa una separación. A veces no podemos comprender lo que sentimos, tampoco podemos tener certeza de lo que siente el otro. No importan los discursos porque ya sabemos que el lenguaje está roto, tampoco importa el llanto porque nuestros cuerpos son diferentes, porque no todas las lágrimas se sueltan frente a un público. Yo solo quiero tener certeza de algo, de lo que sea. Todos necesitamos siempre de algo a lo que aferrarnos.

Le pregunto a L si muchas personas lloran cuando están en su sesión de análisis. Me dice que sí, que casi todos, que casi siempre. Y entonces quiero saber qué está mal conmigo y por qué nunca he llorado frente a ella.

Unos días después, cuando vuelvo a Monterrey, J me pide que hablemos. Me cuenta, porque cree que debo saberlo, que está saliendo con alguien. Aunque me destruye, es la mejor noticia que me puede dar. Ya no hay otra oportunidad para nosotros, es una muestra más, una reafirmación de que hay que cortar los hilos y avanzar. Todos los puentes se han quemado y ya no vale de nada preguntarse qué habría pasado, ahora ya puedo vivir el duelo. J me pide que le envíe una foto de mi rostro para verme una última vez. En la imagen se me ven los ojos llorosos y de fondo el café al que fui para trabajar en mi última novela. Él corresponde enviándome una foto de él en un cuarto de hotel con lágrimas corriendo por su rostro: me alegra un poco verle llorar.

El cuerpo trabaja día y noche para crecer, para curar enfermedades, para regenerar el músculo y la piel. Lloramos por tristeza, frustración, felicidad, para regularnos. A veces el cuerpo necesita ayuda y nos muestra donde duele. El cuerpo trabaja día y noche para sanar un corazón roto.

Hola, Alberto:

Perdón por escribirte. Después del último correo, he pensado que quizá te estaba agobiando. Sé que dijiste que lo siguiera haciendo, sin embargo, no había pasado nada que valiera la pena contar... hasta esta mañana.

Anoche dormí con Isaías, por la mañana él fue a bañarse y dejo su celular cargando en la cocina. Yo estaba preparando el desayuno cuando sentí una vibración y vi que «Mariana» le estaba llamando. No sé quién sea ella, nunca me ha hablado de alguien con ese nombre. Le llamó tres veces, y no respondí. Me sé la contraseña de su celular y estuve tentada a revisar sus mensajes para averiguar la identidad, pero no me atreví. Quizá es una tontería, aun así, siento que hay algo ahí. No sé qué hacer, por favor, dime que tú sí sabes.

LOS CELOS

TAMBIÉN SON MIEDO

No soy un hombre celoso, confío en que el otro hará lo posible por no lastimarme y espero que la otra persona sepa que yo haré lo mismo. Tengo como regla personal no revisar celulares porque eso solo puede resultar mal.

Primero. Descubro la infidelidad. No solo es la noticia la que me hiere, también el descubrir que no podré confiar de nuevo en el otro, y quizá, en los otros durante algún tiempo.

Segundo. Leo palabras que se quedarán por siempre en mi memoria. Espiar conversaciones ajenas puede lastimarnos aun cuando no hablen de nosotros ni entendamos el contexto completo.

Tercero. No necesito saberlo todo. Conocerte es tan satisfactorio que no quiero tomar atajos tramposos.

Cuarto. Me siento mal por no haber confiado, lo que equivale a sentirme mal por no encontrar nada. Como si encontrarnos con la infidelidad nos permitiera ponernos en un papel de superioridad ante el otro, como no se ha encontrado nada, solo quedamos como histéricos.

En el seminario uno, Barthes dice que «El celoso sufre tres veces al mismo tiempo: 1) porque cree que pierde al objeto amado, 2) porque se reprocha sus celos, 3) porque lamenta haber herido al objeto amado». Es decir, sufro porque creo que te perderé por causa de alguien más y me molesta sentir estos celos que me vuelven humano, aun cuando el amor es más un tema de lo celestial. Encima de todo, me lastima desconfiar de ti y lastimarte. Sabemos que los celos nos lastiman y desgastan, sin embargo, no podemos dejar de sentirlos: los celos son habituales, pero ¿cómo los vives?

Octavio Paz escribe en *La llama doble*: «La pregunta del amante celoso, ¿en qué piensas, qué sientes?, no tiene sino la respuesta del sadomasoquismo: atormentar al otro o atormentarnos a nosotros mismos».

Los celos o inseguridad del otro me permiten darle acceso a mis dispositivos, a mi celular, a mi computadora. Si puedo disminuir la angustia, lo haré, sin embargo, jamás dejaría de salir, de ver a mis amigos, de mantener relaciones que son importantes para mí. No permitiría, ni siquiera, que mis libertades entren a debate. Ese es el límite que me funciona, habrá que encontrar cuál le sirve a Abril y cuál a los otros.

Yo no quiero estar con alguien que pierda el deseo por los demás y busco a su vez estar con quien es deseado por otros. El deseo de los otros aviva mi propio deseo por mi pareja, al mismo tiempo que me hace sentir deseado. Eliges estar conmigo aun cuando tienes opciones, me colocas en un lugar de prioridad y espero que me mantengas ahí tanto como sea posible.

Los celos llegan por el miedo a perder al ser amado, por el desconocimiento de lo que el otro siente, por el terror a perder el lugar que me has dado. El lenguaje está roto; él me dice «te amo», y yo no lo escucho. La certeza en el amor, así como en las despedidas y en casi todo lo demás, no existe. No podemos condenarnos a buscar la seguridad de que no nos dejarán. Así como no sé si seguiré con vida mañana, tampoco sé si me seguirás amando, aun así, confío en que así sea y a veces con eso tiene que bastar. El amor siempre está en riesgo.

Hola, Abril:

En qué dilema me pones. Te diré lo que pienso. No busco darte un consejo porque ya has visto que soy malo con ellos, pero ¿por qué no hablas con él? Me parece que mostrar la vulnerabilidad de nuestras inseguridades puede ayudar al otro a cuidarnos. Quizá esa Mariana no es nadie importante y te estás preocupando por nada. Yo confiaría en que el otro me sea honesto, eso es lo único que está en mis manos, pedir una respuesta. No puedo saber lo que siente o piensa y, no podría porque no me lo permito, revisar su celular.

El amor siempre está en riesgo, los otros pueden dejar de amarnos en cualquier momento y no por ello debemos convertirnos en detectives que analizan cada relación y situación. Si le preguntas y no estás satisfecha con la respuesta, si esto te lleva a no confiar en él y a seguir pensando en eso todo el tiempo, quizá toca revaluar la relación. Sin embargo, nos estamos adelantando, siempre nos adelantamos en el amor porque queremos tener el control. Pregúntale primero y decide a partir de ahí.

Por cierto, no me agobias. Al contrario, me estás ayudando a trabajar en unos textos. Ya te contaré porque necesito tu bendición para algunas cosas.

ENTENDER

ME HACE ENOJAR

Debo pasar por mis cosas a su departamento. Tuve que viajar a la Ciudad de México por trabajo y le escribí para preguntarle si podía recoger algunos libros, ropa y otras cosas que dejé ahí pensando que algún día volvería. Me sorprende lo mucho que cabe en una maleta de mano. Cuando viajaba cada dos semanas para estar con él, llevaba dos maletas y una mochila, y ahora todo eso parece caber en poquísimo espacio.

Salimos a comer juntos por última vez a un restaurante al que solíamos ir. Ha pasado un mes desde que terminamos y me siento agotado. Le digo que no entiendo que fue lo que nos pasó. «Quiero comprenderme, hacerme comprender, hacerme conocer, hacerme abrazar, quiero que alguien me lleve consigo», dice Barthes. Quiero que me consuele la misma persona que me ha lastimado. No lo culpo, nunca lo culparía por irse, por dejar de amarme, por iniciar otra relación, no obstante, quiero una explicación inútil que no me puede dar. Ninguna explicación me llevará al entendimiento o quizá lo entiendo todo, es la agonía del raciocinio lo que me agota. Estoy molesto con el entendimiento porque está ligado a la confesión de no poder poseer ninguna verdad.

Le digo que no logro comprender cómo puede estar con alguien más tan pronto, y me responde: «Ya sabes como soy». Quiero decirle que sí, que siempre lo supe, que estaba clarísimo, pero solo le pregunto: «¿En dónde me pones?». Porque no se trata de quién es él, sino quién soy yo. Perder el amor es perder la identidad, el lugar, la geografía.

EL REENCUENTRO

INESPERADO

«J está aquí con su nuevo novio», me escribe un amigo desde una fiesta a la que estoy por llegar. Si los celos son el miedo a la amenaza, a la incertidumbre, a perder el amor, ¿por qué siento como si el cuerpo se me vaciara de sangre? El estómago también se me vacía, no importa que quince minutos antes estaba cenando y bebiendo con mi editor a quien le dije: «Estoy escribiendo un ensayo sobre el amor»; «No, él ya no es mi novio»; «Exacto, por eso estoy escribiendo sobre el amor, para entenderlo, ¿qué opinas?». Le cuento que quiero hacer algo diferente porque cuando el amor termina nos volvemos más abiertos al cambio; vamos al gimnasio, nos pintamos el cabello, escribimos ensayos. Si todo cambia y ya lo perdí, ¿por qué me pone nervioso verlo con su nuevo novio después de dos meses?

Llego a la fiesta y me encuentro con algunos amigos de J en el camino. Unos me preguntan, con un tono que se acerca a la compasión, cómo estoy. Otros se sorprenden al verme en la Ciudad de México porque ya no es mía, la perdí, me la robaron. Uno pregunta si lo sigo amando. Otro se alegra y me dice que me ha extrañado, que las cosas no son iguales desde que me fui. Parece que algo cambió desde que me fui porque todo tiene que cambiar cuando algo termina, aunque en realidad nada nunca termina. Eso era lo único que necesitaba en ese momento: saber que algo cambió = verlo llorar = entender que algo se pierde cuando no estoy.

Nos encontramos entre la multitud y él sonríe como si hubiera esperado verme ahí. La última vez que lo veo es también la primera que nos sonreímos: si el amor es la mentira que nos contamos, el desamor tiene que funcionar igual. Hace muchos años nos encontramos por primera vez en un lugar muy parecido a este, también rodeados de gente y ruido. Ese primer encuentro era necesario para contarnos las mentiras del amor, para repetirnos que tenía que ser el destino, que por algo nos habíamos encontrado mucho antes de hablar. Este último encuentro es necesario para contarnos la historia del desamor; la última vez que nos vemos se parece mucho a esa primera vez. Se ha cerrado el círculo, ya nada puede quedar fuera, es momento de seguir. Nos abrazamos. A su lado está su nuevo novio, conozco su rostro a la perfección, lo he analizado, lo he comparado conmigo y con los otros. Me pregunto si sabe quién soy, si él también ha buscado las similitudes y las diferencias entre nosotros, si sabe que en la piel de su novio hay un tatuaje que se hizo por mí, aunque seguramente se hará uno por él también. J se tatúa, yo escribo y dedico libros. Abrazo a su nuevo novio, él me da un beso en la mejilla y los dejo para reunirme con mis amigos. No hablamos, no podríamos hablar incluso si quisiéramos, el alto volumen de la música quizá nos ha salvado de decir algo.

Mi estómago vuelve a su sitio, ya no me siento flotando y hasta puedo sentir el paso de mi sangre cuando coloco la palma de mi mano sobre el cuello. Esa noche la pasé muy bien, bailé con mis amigos y por momentos olvidé que J y yo estábamos en el mismo sitio. Regresé a mi cuarto de hotel (porque perdí el departamento) con una sensación de ligereza y sorprendido por la falta de dolor.

¿Qué nos duele cuando alguien nos deja? Que nos quite del lugar donde nos había colocado. Ese lugar de prioridad, de cariño, de cuidados. Este debe ser el psicoanálisis hablando, aunque creo que no hubo dolor porque esta vez no fue necesario que él me colocara en el lugar, en el espacio geográfico que yo decidí ocupar.

LOS LUGARES

ME HACEN RECORDAR

En el primer libro que escribí y publiqué, *Ocho lugares que me recuerdan a ti*, pueden ver que la geografía siempre ha sido importante para mí. Los espacios encapsulan memorias, nos ayudan a recordar, y también a sangrar de nuevo, son el templo de la nostalgia. En mi primera novela, el personaje principal decide visitar los sitios importantes para su relación y despojarlos de todo dolor para recuperarlos. Una terapia de choque que le permite enfrentar los recuerdos y poder vivir su duelo. Yo, por mi parte, todavía siento vértigo cada vez que aterrizo en la Ciudad de México. Me parece extrañísimo pedir un taxi al llegar al aeropuerto, cuando viajo por placer, o encontrarme con un extraño que levanta un letrero con mi nombre cuando viajo por trabajo.

A lo lejos puedo señalar el espacio geográfico en el que se encuentra su departamento por la ubicación de ciertos edificios. Y cuando paso por algunos de los sitios que me lo recuerdan solo puedo decir «ahí viví algo». He regresado a un par de lugares que él me mostró por primera vez, como el puesto de tacos en donde siempre pido tres de bistec con papa. También vuelvo a los lugares que yo le presenté, como ese en el que venden nuestro ramen favorito. Me alivia saber que el dolor por la ruptura no se ha colado a la comida; estoy recuperando nuestra gastronomía.

Los objetos se parecen a los lugares pues también son capaces de encapsular memorias y traer a nuestro presente a personas que ya no están con nosotros. Después de la segunda cita con J tenía que regresar a Monterrey. La noche anterior habíamos ido a la pizzería y la segunda al karaoke con mis amigos, para tomar el vuelo de regreso a Monterrey la mañana siguiente. No sabía cuándo volvería a su ciudad. Entonces él se quitó un anillo plateado que tenía en su dedo anular y me lo dio, asegurando con ese gesto, con ese objeto, que nos volveríamos a encontrar pronto. Pero mis dedos son delgados y me quedó flojo. Por eso quité el dije de una de mis cadenas y lo reemplacé con el anillo, ahora lo tendría siempre alrededor del cuello.

Nunca regresé ese objeto, sin embargo, unas semanas después de que el noviazgo terminara, lo perdí. L dice que nada es accidental, que muy probablemente quería deshacerme del anillo deseando también deshacerme de su recuerdo. Me parece otra obviedad del psicoanálisis, y creo que tiene razón. Me autoflagelé muchos días usándolo pues simbolizaba un reencuentro que ya no sucederá; ya no tengo que verlo para regresarle su anillo.

Hay que saber con qué podemos y con qué no. No hay reglas para vivir el desamor. A mí no me lastima ir a los lugares que compartimos, aunque sí me lastimaba usar su anillo por el simbolismo que carga. Debemos ser gentiles con nosotros y nuestros procesos y para hacerlo es necesario conocernos. Lo que he aprendido con ese desamor —odio verle el lado bueno a las rupturas— y con este libro me acerca a algo mejor, y ese aprendizaje viene de la escritura y del análisis que la acompaña. Probablemente disfruto el psicoanálisis por la conexión que tiene con la literatura.

Cuando entro a internet me siento abrumado por las reglas y normas que las personas comparten. Hay psicólogos y *coaches* y personas de diferentes profesiones y contextos que explican cómo hay que vivir el amor, pero si los escucho a todos tendría que dejar de escucharme a mí. Sus discursos chocan con otros y al final parece que nadie tiene la razón. Es probable —no lo sé, no hay certezas en el amor— que todos tengan un punto, que algunos consejos funcionen y que algunas reglas apliquen para ciertos tipos de relación. Yo ya he visto y escuchado a muchas de estas personas y he tenido que filtrar la información que me parece útil. Ahora escucho a un par que me parece que saben algo del amor, del otro y tomo de ellos lo que me sirve. No podemos seguir el camino de los demás, sin embargo, siempre podemos pedir ayuda.

Con el primer libro que publiqué entendí el peso que tienen los lugares para mí, no lo comprendía antes de escribirlo y tampoco al leerlo una vez publicado. Lo entendí al escribir, al estudiar y desmenuzar mis pensamientos, quizá si todos lleváramos un diario o escribiéramos un libro que no necesariamente tenga que ser leído o si habláramos en terapia o incluso con alguien que nos escuche, podríamos conocernos mejor. El lenguaje está roto, aun así, podemos intentar leernos a nosotros mismos.

EL AMOR

ES UN POEMA

Quien escribe dolor se obliga
a aclarar
dónde y cuándo y por qué y si irradia.

Paula Abramo
Fiat Lux

Duele lo que el desamor vuelve a mostrar: si el amor es lo celestial, el resto es lo mundano. Duele el arrebato de mi lugar, el del amado; duele el eco de sus palabras sentenciando que me amaría por siempre. Creí que eso implicaba mucho tiempo, no obstante, se desvaneció pasados los meses. Si él, quien decía amarme, quien quería casarse y tener hijos, quien sugirió una promesa de lo eterno, si él —el que más me amó, no sé, tal vez— se fue, quizá soy yo quien no puede sostener el amor.

La escritura de este libro me lleva a analizar el amor y la ruptura. Puedo escuchar, otra vez, la voz de mi psicoanalista hablando sobre el peso del escritor en mis relaciones. Parece que el poeta necesita regodearse en su tristeza, dudar, sufrir, herirse para poder escribir. Mi analista también dice que no necesito estar triste para escribir y ahí coincidió con ella, pero el dolor no me entristece.

En el *seminario ll* Barthes dice: «Estoy fascinado por mi propia novela de amor, mi amor como historia, sentido, destino». Si creo que nada nunca termina, tengo que dejar un registro del dolor, del amor y de todo lo que lo atraviesa. Confío en que al terminar de escribir este libro pensaré en J la mitad de lo que lo pienso ahora. Sé que esto me duele menos de lo que en realidad me duele, sin embargo, tengo que tocar la herida, señalar dónde y cuándo. «No conozco más que dos formas de darle sentido a mi vida o de hacerme creer que lo tiene: amar a alguien y escribir libros», dice Claire Legendre. Querer entender el amor me lleva a ser mi propio experimento, no es que no pueda sostener el amor, es que lo veo de lejos.

Le digo a L que estoy harto, agobiado, cansado. Han pasado tres meses desde que terminamos y todavía hay algo que no identifico como dolor, pero que se le acerca. Ella me dice que no ha pasado tanto tiempo, yo creo que sí, que deberíamos de estar hablando de mi infancia o de mis padres. No puedo seguir usando mis sesiones semanales para hablar de amor para después salir a leer unos poemas tristísimos de amor y luego sentarme a escribir este libro. La literatura me está matando, me está melancolizando.

Hay un poema de Gloria Fuertes que dice «Tengo miedo de creer que el amor es tan solo un poema inventado por mí». Y yo pienso que el amor es una ficción, que una ficción es un poema y que el desamor es otra mentira. Necesito una sola verdad a la que pueda aferrarme.

Gloria Fuertes, una poeta más que leí solo porque me encontré con uno de sus versos en internet.

Hola, Alberto:

Me tomó un tiempo, pero por fin le pregunté a Isaías sobre las llamadas de aquella chica. No quiero cansarte con toda la historia, en resumen, todo bien. Creo que me preocupé muy pronto. Bueno, no estoy segura, jajaja. Quizá me preocupé lo justo. Me parece divertido que todos tus consejos siempre implican decirle algo o preguntarle algo, o sea, lo más importante siempre es la comunicación, ¿no?

La próxima semana saldré de vacaciones con él, iremos a la playa. Estaré desconectada unos días. De nuevo, gracias por leerme. Ya te iré contando los nuevos detalles, ¿tú todo bien? Me acabo de dar cuenta de que nunca te lo había preguntado.

Abrazos

LA PREGUNTA

HISTÉRICA

Estoy tan cansado que hasta navegar en internet me agota. Tal vez el algoritmo me conoce más de lo que yo me conozco; me despliega videos cortos de personas que hablan sobre el amor con una autoridad y superioridad morales, como si supieran amar, como si supieran todo del tema. Y que no quede duda, yo sé muy poco del amor, solo sé lo que he vivido y hasta eso está sesgado por mi propio contexto. Queremos saberlo todo, entenderlo todo, y una vez que creemos comprender algo, llega otra persona y cambia nuestra percepción. Queremos una relación sana, responsabilidad afectiva, conocer su estilo de apego, su lenguaje del amor y sus banderas rojas. Queremos y pedimos, y cuando alguien nos rompe el corazón debe ser porque la otra persona hizo algo mal, porque nosotros ya aprendimos algo, lo que sea, no nos declaramos culpables porque sentimos dolor y el que siente dolor debe ser la

Siempre regreso al poema "Ya no" de Idea Vilariño, esos versos fueron los que me animaron a leerla por primera vez. Quizá el amor también es muy simple, mucho más simple, y sin embargo estoy escribiendo un libro para entenderlo.

víctima, el inocente. Queremos señalar a alguien porque aceptar que todo es mucho más complejo no es una respuesta, son muchas preguntas.

Trabajando en este libro me he preguntado muchas veces por qué escribo, así como Idea Vilariño anotó en sus diarios: «A veces me pregunto por qué escribo esto ¿será también por grabar belleza? Puede ser. Yo quiero, yo veo armonía, belleza en todo: en las paredes rotas, en las manos ajadas, en la llama del gas, en los arcos del techo, en los pétalos caídos». ¿Será que escribo para registrar la belleza que se esconde en el dolor? Quizá este libro lo escribo para entender al amor, como si entender algo pudiera salvarme. Estudio al amor desde mi experiencia y desde la literatura para mejorar algo.

Pizarnik escribe en sus diarios: «¡Y yo que quería mejorar algo, para que ÉL se alegre!». Estudio al amor para que él se sienta amado, no J, sino él, el siguiente. O ella o quien venga después. Siento la presión de amar *bien*. En ese mismo diario, la escritora argentina también escribe: «Lloré porque jamás conoceré el encanto de la comunicación plena», porque el lenguaje está roto y lastimar al otro a veces es inevitable. Me estoy preocupando tanto por no lastimar a nadie que creo que no podría permitirme el amor. Y estoy viciado, ya no solo quiero dar, también quiero recibir, exigir un amor. Lo trágico es que yo creo poder con el dolor, sin embargo, me atormenta herir al otro y ese miedo me obliga a alejarme: nunca antes le había temido al enamorado. Me aterra lastimar al otro, y aun así, deseo el amor y la ternura con un deseo medio dormido porque no ha desatado una búsqueda activa, hay todavía una resaca amorosa. Necesito tiempo para dejar de pensar en él. Lacan dice: «El hombre goza de desear, de ahí la necesidad de mantener el deseo insatisfecho».

Leí a Lacan después de iniciar mi psicoanálisis. Mi psicoanalista debe haber leído todo lo que escribió Lacan porque sus intervenciones siempre están ligadas a él.

¿Quién soy? Un hombre que escribe y carga con el peso del escritor romántico, que ve y vive el amor como la literatura le dicta. Un hombre que desea lo que no tiene porque solo se puede desear lo que no se posee, un amor romántico, y en cambio, está satisfecho de los otros amores. Un hombre que escribe y que, con su escritura, toca la herida y llora. Un hombre que desea, y no actúa sobre el deseo porque esto mataría el gozo. Un hombre qué escribe para entender un poco el amor.

Regreso a Barthes quien se preguntaba: «Pero en el fondo, ¿qué es el amor? Es una pregunta histérica: quien sea o crea ser diabético, compraría inevitablemente un manual sobre la diabetes. Un enamorado busca libros sobre el amor. Intenta siempre ponerlo en el cuadro de las enfermedades, las pasiones, las neurosis». Y persiste la pregunta del histérico: ¿Quién soy?

Para Franz Rosenzweig, el amor es la negación del hombre: ¿quién soy cuando amo? Un amante. Dejo de ser hombre con todo lo que eso carga. En palabras de Sabines: un amoroso.

Hola, Abril:

Me alegra que haya resultado bien. Todo bien por acá, pásenla lindo en sus vacaciones.

Quedo al pendiente de tus historias.

LA AMISTAD

Y EL AMOR

Hace un mes que no trabajo en este libro que es como un diario al que regreso. Ayer algunos amigos vinieron a mi departamento a jugar juegos de mesa, lo hacemos desde hace varias semanas. A todos los conozco desde hace tiempo y de diferentes lugares, pero tenía muchos meses sin verlos, parecía casualidad que hayamos formado este grupo. Uno de esos amigos me confesó que aunque teníamos tiempo sin hablar, se dio cuenta de que no la estaba pasando bien y con otra de mis amigas decidieron planear estas reuniones semanales para que no estuviera solo y pudiera distraerme de vez en cuando. Este es quizá uno de los actos de amor más lindos que alguien ha tenido conmigo.

Durante años creí que no tenía un «tipo» de persona pues mis novias y novios han sido distintos entre sí, no obstante, el psicoanálisis me ha ayudado a encontrar esa carencia que desata mi deseo en el otro y la he logrado identificar en todas mis relaciones pasadas. Ahora creo que puedo saber con mucha anticipación cuando una persona me puede erotizar, sé cuál es la característica que me puede llevar al enamoramiento. Me parece que la terapia me ha llevado a ese nivel de autoconocimiento, también creo que la próxima vez que me enamore me sorprenderé sin importar que ya haya identificado lo que desata mi deseo, porque de alguna manera el amor siempre nos toma por sorpresa.

¿Qué pasa con mis amigos? Son todos tan distintos entre sí, en estos no encuentro ese hilo conductor, esa característica que todos comparten. Parece que en ellos el amor no nace de la carencia. Sócrates dice: «la amistad descansa en el amor y se regula por la virtud». Una amistad es ese amor que no pasó por lo erótico ni por el enamoramiento, y aun así, se mantiene porque las dos personas comparten virtudes. El amigo no pretende al otro tanto como a su amor, es decir: quiero que me quieras porque eres un ser bueno. El enamoramiento en cambio parece cegarnos: quiero que me quieras aunque no te veo, estoy ciego por los químicos que mi cuerpo libera y que no controlo.

Mis amigos me han lastimado poquísimas veces, al final del día somos humanos aprendiendo a relacionarnos. Por otro lado, el amor romántico me ha llevado a escribir varios libros, me ha hecho llorar varias veces, me ha causado angustia, tristeza y otras tantas cosas que nunca he sentido, por lo menos no con intensidad, con mis amigos. Veo a personas que sufren en sus amistades y no logro comprenderlas porque nunca he vivido algo semejante, esto a veces me preocupa, me hace creer que hay algo entumecido en mí, que debería vivir esas relaciones con mayor intensidad sin importar que se tenga que pagar un precio. Claro que soy histérico, aun cuando todo parece resultar bien en mis relaciones de amistad, me pregunto si hay algo mal en mí. Como si todos los vínculos tuvieran que llevar algo de sufrimiento. Por ahora me limitaré a vivir mis amistades, que son las relaciones que me traen las mayores satisfacciones por el menor precio.

Hola, Alberto:

Perdón por no escribirte en tanto tiempo, es solo que no pasaba nada que valiera la pena contar. Hace unas semanas empecé a tomar terapia porque me sentía muy estresada en el trabajo y de vez en cuando reboto con mi psicólogo lo que me sucede en el amor. Estoy muy tranquila, quería agradecerte una vez más por hacerme compañía cuando lo necesitaba. No me olvido de ti, solo te molestaré menos.

Besos

RECUERDA, LA FICCIÓN ES

UNA MENTIRA

Me alivia saber que no tendré que darle otro consejo amoroso a Abril, siento mucha presión por decir las palabras indicadas. Todo lo que decimos puede ser usado en nuestra contra, puede afectar las demás relaciones, puede herir al otro.

Hace mucho que no pensaba en J, sin embargo, esta mañana al leer el correo de Abril pensé, otra vez, en el poder de las palabras. El día que fui a su departamento por mis cosas y comimos juntos por última vez, me dijo que lo que lo empujó a tomar la decisión de la separación fue una conversación que tuvo con uno de mis amigos. No le pregunté sobre qué hablaron y él tampoco me lo dijo. Quise molestarme con mi amigo, preguntar ¿qué le dijiste a J para que terminara conmigo? Tú, mi amigo, ¿por qué me traicionaste?

Así como fue imposible enojarme con J durante la ruptura y los meses siguientes, también fui incapaz de reclamarle a mi amigo. Me gustaría enojarme con alguien, aunque hace tiempo que perdí esa capacidad. Nadie me ha hecho algo que logre sacarme de mis casillas, este nuevo temple es algo que adquirí hace poco tiempo, quizá es el psicoanálisis o la edad. Nunca supe lo que mi amigo le dijo, a veces no necesitamos saberlo todo. J ya había tomado su decisión y solo necesitaba reafirmarla; nada hubiera cambiado si esa conversación no se hubiera dado. A veces creo que él hubiera buscado cualquier excusa que le ayudara a irse de la relación, como hacen algunos infieles para que los atrapen y puedan huir.

Ahora que Abril ha empezado a tomar terapia me siento libre de reclamos pues se ha vuelto labor de los especialistas. Mi trabajo es escribir y aunque los libros pueden ser compañía, no son un remplazo de los profesionales de la salud. Entiendo esta última frase como una realidad, y aun así, durante mis meses más tristes, he buscado ayuda en los libros, nunca en los de autoayuda y casi nunca en la no ficción, busqué, sobre todo, poemas. La poesía siempre ha sido mi mejor acompañante, es ella la que me hace ver mis dolores y me muestra un camino para sanar. Es la poesía la que señala cómo, en dónde y por qué. Sin embargo —nunca creí escribir esto—, después de mi ruptura la poesía no fue suficiente. No me bastaba con sentir y emocionarme, necesitaba racionalizar, quitarle el misticismo y la magia al sentimiento, entonces leí a lingüistas, filósofos, psicoanalistas. Aprendí muchísimo de esos textos, algunos de ellos me emocionaron tanto como la poesía. A veces solo tenemos que sentir, sin intelectualizar todo lo que nos sucede. No puedo sentir mientras estoy pensando, las sensaciones se presentan en esos intermedios en los que me quedo en silencio y toco algo. Rosenzweig menciona que «la filosofía es una enfermedad. Hace que el entendimiento humano se detenga y paralice. Para poder vivir, el hombre tiene que fluir, moverse, ser parte del mundo. Y eso, la filosofía lo obstaculiza». No estoy del todo de acuerdo, solo en este momento lo pienso y eso es porque me hace falta un respiro. Ahora necesito acercarme de nuevo a la ficción, inventarme otra historia de amor, otra mentira.

del 2024

Hace poco leí una carta que Albert Einstein escribió después de perder a uno de sus mejores amigos. En ella habla de la nula distinción entre el pasado, el presente y el futuro, sin que importe que su amigo se le haya adelantado en el camino: «el tiempo es una ilusión terca y persistente», escribió.

Ha empezado un nuevo año y aunque el tiempo es una ilusión, el calendario me ayuda en el camino del duelo. Este es un año en el que no lo he visto, en el que nada ha terminado aún. Si el amor es una mentira que nos contamos y el tiempo también lo es, puedo usarlo para sanar aquello que no haya sanado ya.

EL ANIVERSARIO DE

LA MUERTE DEL AMANTE

20 de octubre de 1978

Se acerca el día del aniversario de la muerte de mamá. Tengo miedo, cada vez más, como si ese día (25 de octubre) ella debiera morir por segunda vez.

Se acerca el día del aniversario de la muerte de mamá.
Tengo miedo, cada vez más, cómo si ese día (…)
ella debiera morir por segunda vez.

Roland Barthes
Diario de duelo

Hoy es el aniversario de mi separación y mi cuerpo recuerda el dolor. Recordar un dolor es casi como volver a sentirlo. «Siento un nudo en el esófago y podría vomitar si tan solo tuviera algo en el estómago», es mi primer pensamiento al despertar. No me he levantado de la cama y aún no he desayunado. Parece que mi cuerpo y yo somos entes distintos, llevaba semanas sin pensar en él y ahora vuelvo a esa memoria de sentirme abandonado una vez más. La confusión del pasado se esfumó —ya conozco el desenlace—, sin embargo, la angustia está presente.

Tengo mala memoria, pero hoy recuerdo todo lo que pasó hace un año. Mis ojos se hincharon cuando no quería ver, tuve alergia en la piel, en las partes del cuerpo que tocó, y ahora siento el mismo nudo en el esófago que sentí cuando recibí la noticia de la separación. La reacción del cuerpo me parece mágica porque nos señala dónde, cuándo y cómo: habría que aprender a escucharnos con todos nuestros sentidos, prestar atención a las señales que nos da.

Este dolor es una constatación de que nada nunca termina. Ha pasado un año y el cuerpo recuerda el aniversario, así como recuerdo fechas: su cumpleaños y otros días especiales. Algunas las rememoro con algo parecido al dolor, otras con nostalgia o incluso con alegría. La memoria comprueba que nada nunca termina y es contradictorio el alivio que esto me trae: el dolor me muestra que la mente recuerda y lo disfruto porque compruebo que nada nunca termina. El sufrimiento no siempre será el detonante de la memoria, por eso soy paciente y comprensivo con mis procesos. La memoria es cambiante porque es colectiva y también un invento. Si nuestros recuerdos no son reales porque se han construido, podemos quitarle el dolor poco a poco decidiendo lo que queremos evocar.

Cuando recién terminé con J evocaba momentos de completa felicidad, aunque estaban acompañados por la tristeza provocada por la imposibilidad de revivirlos. Con el tiempo, mi memoria se volvió imparcial, me compartía una variedad amplia de recuerdos que ya no estaban acompañados por la tristeza; a veces llegaban el alivio, la felicidad, la nostalgia, el cariño, una gama de emociones que sí le hacía justicia a la relación. Hoy se ha cumplido un año y parece que el tiempo no ha pasado, no obstante, mañana será igual que ayer, un día en el que los recuerdos no lastimarán.

Perder a alguien por una ruptura es semejante a perderlo frente a la muerte. Después de terminar la relación no podía escapar a su imagen; la encontraba cada vez que tomaba mi celular, en las redes sociales cuando alguno de sus amigos subía una foto o un video con él, en la música que había escuchado por él, en las notas de voz pues extrañaba escuchar, no la voz que escuchaban los demás, sino aquella que era solo mía, la de las entonaciones y las frases de nuestra propia literatura.

Los días pasaron y me atreví a borrar una docena de fotos de mi galería, a tirar el perfume que abandonó en mi cuarto, a quemar las cotizaciones de los departamentos. Aprendí a actuar para que el algoritmo que todo sabe no descubriera que él me interesaba. Perdí el anillo que me regaló, el que colgaba de mi cuello. Aprendí a cortarle el paso a mi vida.

Con el pasar del tiempo y sin el debido mantenimiento, las relaciones se descuidan, se entierran y se cubren con los brotes de algo nuevo, así como las ciudades abandonadas que son devoradas por la vegetación que intenta recuperar su lugar en el mundo. A veces, a mitad del día, un recuerdo, un destello de su existencia me visitaba y no podía evitar preguntarme si seguía con vida. Había semanas en las que me preguntaba si quizá había muerto, y si era el caso ¿por qué nadie me había avisado? No era capaz de buscar información sobre él porque hacerlo era resetear el duelo, sin embargo, me preguntaba por qué ya no me aparecía —L preguntaría por qué uso la palabra *aparecía*, que viene de aparición, fantasma— en internet como antes lo hacía. Por qué ya no lo encontraba en las fiestas o en las premiaciones a las que normalmente iba. Por qué me es difícil recordar las particularidades de su cuerpo que antes me sabía de memoria.

El amante tuvo dos muertes. La primera ocurrió cuando nos separamos: ya no me amas, entonces no te reconozco porque no eres la persona que fuiste. Eras, en relación, al amor por mí; ahora que me has quitado mi lugar prioritario me tratas como un amigo o un extraño. Ya no sé quién eres.

La segunda se dio al notar que ya no puedo traerte a mi mente con la totalidad de tus cualidades y virtudes; eres un fantasma, una aparición, una ilusión de lo que fuiste, pero lo que muere no deja de existir y nada nunca termina. Todavía hay un rastro tuyo en mí que se sigue transformando. Ya no sé qué partes son reales y cuales me he inventado.

¿Piensas en mí cuando te mato?
Cuando digo no
que nada
ni tú.
¿Sientes algo en tu espíritu?
Un destello
que ilumina
la falta.

Un deseo que cubre el hueco que excavé
con las yemas de mis dedos
no tengo uñas, las muerdo.

SE
VUELVE

ALGO TIBIO

Si el amor es cálido, el cariño debe sentirse tibio. Las personas que hemos amado pueden volverse nuestros amigos una vez que la relación está deslibidinizada, no puede existir la atracción sexual, y tampoco fantasías, expectativas ni objetivos. No puede existir un futuro. Esta desconexión debe ser mutua, ninguno debe esperar nada con el otro.

Él me dijo: «Si algún día terminamos, me gustaría que fuéramos amigos».

Y yo le respondí: «No podría ser tu amigo».

Ahora pienso que podría visitarlo en la casa que sería *nuestra* sabiendo que ahora es suya y, quizá, de su novio. Entrar al cuarto de la izquierda y saber que ahí no se escriben libros, pero tal vez canciones sí. ¿Por qué habríamos de hacernos esto? ¿Para qué nos escribiríamos en nuestro cumpleaños? No puedo, no debo hacer nada que reinstale al otro porque se tendría que pagar el costo. Todo siempre tiene un precio y hoy no quiero pagarlo, en otro tiempo quizá.

Hay que analizar si tu ex es realmente tu amigo o uno de los dos sigue esperando ser algo más. Siempre esperamos algo del otro. ¿Podría ser su amigo? No sé. Si del amor al odio hay un paso, ¿cuántos hay del cariño al amor de nuevo? ¿Podemos amar románticamente al otro sin pasar por el enamoramiento? No lo creo. Sostengo que hace falta mentirnos para enamorarnos y yo ya no podría mentirme porque me he desilusionado.

¿De verdad no podría mentirme? Falso. Hay una mentira que podría creerme, una resignificación del pasado: estuvimos un par de años separados y nos dimos cuenta de que siempre pensábamos en el otro. Entonces nos reencontramos en un lugar lleno de gente y decidimos volver a intentarlo.

Ya no lo amo, aunque sigo sosteniendo la fantasía porque soy poeta y el oficio del escritor siempre me pesa. Solo yo sostengo esta fantasía porque no me gusta que las cosas mueran. Dentro de mí entiendo que no quiero lo que creo querer, solo deseo tenerlo una vez más para poder soltarlo.

LA PESADILLA

RECURRENTE

Hace muchos meses, cuando él y yo éramos *algo*, tuve un sueño que recuerdo a la perfección porque lo soñé antes de conocerlo, también porque lo sigo soñando, siempre con algunas variaciones, aunque en esencia es el mismo.

Estoy en casa de mis abuelos con J. Toda mi familia ha vivido cosas extrañas en ese lugar, situaciones paranormales que no puedo verificar. Solo fui testigo de un par a las que les puedo encontrar una respuesta más humana.

Estamos en casa de mis abuelos y hay algo o alguien que intenta entrar. Parece un hombre, pero bien podría ser un demonio.

Golpea las puertas y las ventanas, se asoma por entre las cortinas y se enfurece al no poder acceder. De pronto, porque así sucede en los sueños, está en el mismo cuarto que nosotros, aunque no se acerca, se siente la amenaza. Grito muy fuerte, no por miedo, sino para alejar a la bestia. Grito como me imagino que gritaría si tuviera que espantar a un oso. El grito del sueño se transfiere a la realidad: J me toca el brazo y me comunica que tuve una pesadilla. «Estabas gritando», me dice. Entonces le cuento mi sueño, le digo que grité para intentar defenderlo, que era a él a quien querían matar.

Siempre que tengo un sueño trato de anotarlo para hablar de él en mi próxima sesión de psicoanálisis. En ese espacio los sueños son muy importantes pues nuestro cuerpo trabaja para entender, incluso estando dormidos.

L: ¿Qué representa la casa de tus abuelos?

A: Mi hogar.

L: ¿Con qué relacionas el hogar?

A: Con protección, con cuidados… no sé.

L: Solo tienes que decir lo primero que te viene a la mente. ¿Quién quiere entrar a la casa?

A: No lo sé, pero quiere matarnos.

L: ¿A quiénes?

A: A nosotros, a J y a mí.

L: ¿Cuándo sueles tener estos sueños?

A: No estoy seguro, no he prestado atención.

L: ¿Pasó algo entre ustedes el día antes del sueño?

A: Mmm… lo normal. Bueno, no creo que tenga nada que ver, sin embargo, hablé con J, le dije que no podía seguir llevando así la relación, que algún día me iría si las cosas no cambiaban, que estoy enamorado de él, pero que la relación se acabará y tendré que irme si las cosas no cambian.

L: ¿Quiere matarlos o matar una parte de ustedes?

A: Me estás condicionando.

L: Solo quiero saber qué piensas.

A: Quizá quiere matar una parte de nosotros, no sé.

L: Ok…

A: La parte de él que no me ama como me gustaría que me amara.

Ahora que ya no lo amo y he tenido que matarlo, el sueño ha regresado, incluso ahora que duermo solo y rara vez sueño con él. Grito tan fuerte como antes, y cuando despierto, el ser me acompaña a la realidad, lo veo a un lado de mi cama y tarda unos segundos en desvanecerse. Creo que sabe que estoy escribiendo este libro y quiere matar algo de él.

¡Hola, Alberto!

Te tengo una noticia que no vas a creer. ¡Isaías me propuso matrimonio! ¿Verdad que no lo puedes creer? No lo esperaba, me tomó por sorpresa, pero... ¡le dije que sí! Todavía no tenemos fecha exacta, esperamos que sea en octubre de 2025, ojalá que puedas acompañarnos. Nos haría muy felices pues gracias a ti me atreví a ser honesta con él y míranos ahora. Te escribo cuando tenga más noticias.

¡Abrazos!

¡¿Qué?! Abril, es verdad, estoy sorprendido. Cada vez que alguien que conozco se casa me parece extrañísimo, es en esas propuestas en las que veo el paso del tiempo. Si no fuera por los matrimonios o por los hijos, pensaría que seguimos siendo estudiantes universitarios.

¡Qué alegría! Gracias por la invitación anticipada, me dará mucho gusto poder acompañarlos. Quiero aprovechar este correo para agradecerte pues fuiste la última chispa que necesitaba para ponerme a trabajar en mi siguiente libro. Te lo enviaré cuando lo tenga listo, me gustaría que fueras de las primeras personas en leerlo.

Nos vemos pronto.

VEO EN TI

AQUELLO QUE ME EROTIZA

No podemos controlar lo que nos erotiza, quizá por eso podemos descubrir que nuestras parejas comparten ciertos rasgos físicos o de personalidad. Vamos caminando por la vida y de pronto nos encontramos con alguien que dice, o hace, o se mueve, o sonríe, o se ve, o te trata. Así como se necesita de la idealización, la mentira y la resignificación para lograr el enamoramiento, también es necesaria esa chispa que nos erotiza para construirlo.

Yo me reconozco como una persona introvertida y, con el tiempo, he encontrado que me atraen las personas que pueden equilibrar un poco la dinámica social, es decir, las personas extrovertidas. Cuando me encuentro con alguien que es capaz de llevar la conversación y hacer amigos por todos lados, me es imposible no sentir algún tipo de atracción. Esa atracción no es lo único que se necesita para construir un enamoramiento, incluso puede ser que esa conexión se limite a lo amistoso, sin embargo, es lo que me permite construir algún tipo de relación. Admiro esa cualidad y necesito admirar a mis amigos y a mis parejas: no podemos controlar lo que nos erotiza, aunque sí podemos señalarlo y entenderlo.

Me bastó una cita con J para identificar lo que me haría enamorarme de él: descubrí que tenía eso, esto y aquello que me emocionaba. Siempre me basta con una cita para saber si hay algo de futuro, las pocas veces que he tenido dudas y he querido disiparlas con una segunda o tercera cita, solo he logrado prolongar la despedida. Sabemos lo que nos erotiza del otro y eso es necesario, no importa si la pasas bien con el otro o si es la persona más amable o si crees que tendrías una buena vida a su lado si no tiene esa chispa que te despierta. Tenemos que crear la tormenta perfecta para el desarrollo de la relación.

Hay rasgos del otro que quizá te erotizan, y no eres consciente de ello. A veces me pregunto ¿por qué será que no puedo formalizar una relación con alguien de mi ciudad? Hay algo en esa distancia que me parece atractivo, quizá tiene que ver con mantener mi geografía o también con la posibilidad de huir de ella. El psicoanálisis me ha permitido descubrir tres o cuatro cosas que me gustan de los otros, aunque lo más importante es que he descubierto por qué esas características me parecer atractivas y suelen conectarse con la manera en la que me amaron, o no, en el pasado.

C me dijo: busco a un hombre que pueda respaldarme cuando las cosas salgan mal porque mis padres nunca pudieron protegerme y me aterra que todo se me derrumbe. Quizá tendríamos que hacernos algunas preguntas para entender mejor nuestros deseos. ¿Por qué siempre sales con personas que se parecen físicamente a ti? ¿Por qué siempre sales con personas mucho menores que tú? ¿Por qué te gustan las personas que ya están en una relación? ¿Por qué te gustan los médicos? ¿Por qué nunca le haces caso a las personas que muestran interés en ti?

Entender lo que nos atrae del otro puede ayudarnos a llevar relaciones más sanas. Debemos alejarnos de aquello que nos erotiza y nos causa deseo, pero nos hace daño. No podemos controlar lo que nos erotiza, sin embargo, sí tenemos el poder de decidir cómo actuar sobre ese deseo. Lacan dice que «también hay que querer lo que uno desea». No puedo querer lo que deseo cuando eso que anhelo me destruye.

C me está llamando y, cuando respondo el celular, la escucho llorar: «No lo soporto, no puedo pasar un día más con él, me está volviendo loca». Entonces la invito a mi ciudad unos días para que se aleje, para que esté segura y pueda reflexionar sobre las opciones y decisiones que debe tomar: «No me ha hecho nada, pero es un cabrón. Tengo que hacer todo lo que él quiere, todo el tiempo me amenaza con correrme del departamento».

VOLVER A

ENAMORARSE

Estoy caminando por el festival de música, hay mucho ruido, un montón de gente que cruza por todos lados y la mitad parecen estar borrachos. El sol se está ocultando y la miopía no me permite ver demasiado lejos. Los rostros se me pierden, no podría reconocer a algún amigo, al menos que sepa cómo va vestido. De pronto, alguien toca mi espalda y al voltear me encuentro con G. Nos conocimos hace varios años en Ciudad de México, tenía mucho tiempo sin verla. Como a los festivales voy primero para estar con mis amigos y después para ver a los artistas, paso el resto de la noche con ella. Me toma de la mano para atravesar el mar de gente y ver, desde lejos, a una de sus bandas favoritas. Me besa cuando el grupo está a punto de terminar; estamos rodeados de tantas personas que pasamos desapercibidos.

A unos diez metros de nosotros, un chico le propone matrimonio a su novia y tampoco a ellos les prestan atención. A pesar de eso me parece extraño que nos tomemos de la mano y nos besemos frente a tantas personas. No recuerdo la última vez que hice algo así. Me gustaría besarla en un lugar menos abarrotado, donde no puedan vernos. Parece que deseo las sombras, las mismas contra las que peleaba cuando estaba con J. Quizá debo de aprender a no querer mi deseo: una relación oculta no se puede mantener con el tiempo.

Salimos a desayunar la mañana siguiente, ella me cuenta de su trabajo como actriz y yo le hablo un poco de este libro que estoy escribiendo. Hago un repaso mental de los oficios de mis ex: músico, actor, modelo. Trabajos que admiro y que además atraen miradas. Me erotiza que haya miradas sobre nosotros y, sin embargo, que no puedan vernos. Me pregunta con quién estaba cuando nos encontramos en el festival y le comparto los nombres de los amigos que me acompañaban, a quienes no pude presentar porque todo sucedió muy rápido y había caos por la cantidad de personas que se movían por todos lados. La mitad de esa multitud estaba ebria, una coincidencia con la primera vez que vi a J. Y aunque parece una simple casualidad, mi cabeza no deja de comparar ambos encuentros. Si esto no fuera un desayuno sino una cena, quizá podría repetirse la escena en la que nos corren del restaurante porque están a punto de cerrar, y las sillas descansan sobre las mesas, y la cocina está casi limpia, y la cajera cuenta el dinero de la caja registradora para hacer el cierre del día. Pero esta vez no ocurre porque G tiene que tomar un vuelo dentro de tres horas. Pasamos por sus maletas, la llevo al aeropuerto y nos despedimos con un beso.

Hablamos por videollamada una vez al día durante toda esa semana, le digo que podría viajar a su ciudad para que nos veamos otra vez, no obstante, ella me dice que no, que quizá lo mejor es que no hablemos durante un tiempo porque está empezando a sentir cosas muy fuertes y no cree que yo pueda corresponderla. Me toma por sorpresa, y creo que tiene razón.

¿Cuándo estamos listos para iniciar una nueva relación? Hay personas que pueden terminar con alguien y después de unos días estar con otra persona, quizá porque vivieron el duelo dentro de la relación, quizá porque nunca hubo amor o cariño.

En mi caso, tengo una resaca del amor, no es que me sienta incapaz de amar a alguien más, es solo que sigo agotado. El desamor me ha drenado y lo seguirá haciendo hasta que logre terminar este libro: otra vez el peso del escritor.

Le digo a L que terminar de escribir es también terminar mi duelo. Le confieso que nunca pensé tardar tanto, que estoy cansado y harto, y que entiendo que esto no es lineal y que todos tenemos diferentes tiempos, y que ya no duele, aunque igual no puedo olvidar momentos que me gustaría que quedaran atrás, pero que siempre arrastro. Es como si el pasado y el presente sucedieran al mismo tiempo, debe ser la nostalgia. L dice que ya veremos lo que sucede, que quizá me enamoraré de alguien sin verlo venir, que quién dice que he tardado mucho en vivir mi duelo. «Yo lo digo», le respondo, y agrego que lo más cansado de todo es saber que no puedo hacer nada, que solo tengo que esperar a que pase. Así como la vida se me va esperando que algo llegue.

HA
VUELTO

LA PESADILLA

Estamos en la casa de mis abuelos. J ha vuelto conmigo, me toma de la mano con toda su fuerza pues teme al demonio que araña la puerta principal. Sus uñas van desgastando la madera hasta que desaparece por completo. Abro la boca para gritar, y no sale ningún sonido. Quiero acercarme al demonio, tomarlo por el cuello para asfixiarlo, pero no puedo moverme, estoy petrificado. Toma a J por los hombros con tanta fuerza que puedo ver cómo sangra por la boca. Lo deja caer, inconsciente, sobre el piso y yo despierto tomando una bocanada de aire.

Enciendo la lámpara junto a la cama para asegurarme de que estoy solo en este cuarto. El demonio se ha quedado en mi sueño junto al cuerpo inerte de él. Parece que ha vuelto a morir.

Ahora que el amante ha muerto, puede volver a nacer.

EL DISCURSO

PARA
VOLVER A CREER

Soy bueno viendo el potencial del amor. Hace algunos años conocí a I. Algo vi en ella que también reconocía en B, sabía que si los presentaba podía gestarse algo entre ellos, así es que eso hice.

Al principio tuve dudas sobre mi plan para emparejarlos porque las cosas avanzaban lento. Después de un tiempo, I me confesó que sentía algo por B y casi al mismo tiempo él me dijo que sentía algo por ella. Solo tuve que darles un empujón para que empezaran a salir y eventualmente iniciaran un noviazgo. Después de un par de años, B me confesó que estaba buscando anillo para proponerle matrimonio. En ese momento sentí que envejecimos quince años, y al mismo tiempo me llené de una felicidad que pocas veces he sentido.

Ayer me pidieron que dé un discurso el día de la boda. A veces solo se necesita una certeza —mis amigos me aman— para volver a creer en el amor.

¿QUÉ ES EL AMOR?

¿ALGUIEN LO SABE?

Presiento que esa será la pregunta que más escucharé en los próximos meses. No puedo saber qué es el amor, aunque puedo identificar el desamor con mayor facilidad y reconocer cuando me siento amado.

Ahora quiero dejar de pensar en lo romántico un rato, solo el desamor me lleva a sobreanalizar el amor porque tiene que haber una explicación para el dolor. Después de tanto tiempo, he sanado, ahora solo quiero sentir mis emociones sin razonar. Debemos permitir que la mentira que nos contamos nos tome por sorpresa para que vuelva a nacer el amor, y cuando volvamos a enamorarnos, tenemos que cuidar del amante, pero también permitir que el amor se nos vaya de las manos sin perder la dignidad: luchar por el amor también es despedirnos del otro. Alguien más prometerá que me amará por siempre y yo solo podré pedirle que me ame por lo menos un día más, aunque no para siempre porque eso es algo que no puedo imaginar. Prometer lo que no se puede cumplir tiene un aroma similar al del amor.

El amor es lo que queda
lo que nunca termina
aunque ya no
y estés muerto
como yo lo estoy.

Si nos volvemos a encontrar
no eres
ni soy
pero podemos
romper un pecho.

Siempre nace algo de lo que ha muerto.

Este libro se terminó de escribir
el 8 de abril de 2024 en Mazatlán, Sinaloa.
Unas horas después del eclipse solar en el que
la luna cubrió por completo al sol
durante cuatro minutos y veinte segundos.